古典文獻研究輯刊

八 編

曾永義 主編

第 21 冊

甲骨文與神話傳說

胡振宇 著

國家圖書館出版品預行編目資料

甲骨文與神話傳說／胡振宇 著 — 初版 — 新北市：花木蘭文化出版社，2013〔民102〕
目 4+132 面；19×26 公分
（古典文學研究輯刊 八編；第 21 冊）
ISBN：978-986-322-397-9（精裝）
1. 甲骨文 2. 中國神話
820.8   102014694

ISBN-978-986-322-397-9

古典文學研究輯刊
八 編 第二一冊   ISBN：978-986-322-397-9

甲骨文與神話傳說

作　　者　胡振宇
主　　編　曾永義
總 編 輯　杜潔祥
出　　版　花木蘭文化出版社
發 行 所　花木蘭文化出版社
發 行 人　高小娟
聯絡地址　235 新北市中和區中安街七二號十三樓
　　　　　電話：02-2923-1455／傳眞：02-2923-1452
網　　址　http://www.huamulan.tw 信箱 sut81518@gmail.com
印　　刷　普羅文化出版廣告事業
初　　版　2013 年 9 月
定　　價　八編 24 冊（精裝）新台幣 42,000 元

紀念張永山先生

（1936 ～ 2010）

甲骨文與神話傳說

胡振宇　著

作者簡介

胡振宇

1957 年出生於北京。

1983 年獲北京師範大學歷史學學士。

1987 年到中國社會科學院歷史研究所，先在先秦史研究室，後轉文化史研究室。

研究方向為古文字、古代史、文化史。

著有：《殷商史》（合著），上海人民出版社，2003 年。

　　　《中國三千年氣象記錄總集》，（合著），第 1 冊（全四冊），甲骨文、遠古至元時期，鳳凰出版社，2004 年。

整理：《甲骨續存補編》（甲編），三冊，天津古籍出版社，1996 年。

　　　《甲骨學商史論叢初集》（外一種）上下，二十世紀中國史學名著，河北教育出版社，2002 年。

提　　要

　　中國古史研究有悠久的歷史，豐富的傳承。任何一古代文明，其遠古定與神話傳說結合。二十世紀初，有批學者對一些過去的記載統統產生懷疑，繼而對千百年來一直流傳的中國古代歷史及神話傳說進行批判，這批學者及理論稱作「疑古派」。他們把古書的真偽與古書中所記載的史實的真偽等同，認為偽書中不可能有真史料，在這種懷疑的精神下，必須要用考古學的方法，來確立科學的史學。

　　十九世紀末二十世紀初的中國學術界，經歷著一場重大的變革。這一時期，學界發生了幾件大事：殷墟甲骨、敦煌經卷、流沙墜簡、明清檔案等發現，猶如石破天驚，其中殷墟甲骨文的發現，則是最早打開中國近代學術史的序幕。

　　甲骨文的發現導致日後的殷墟發掘，殷墟發現的甲骨文及其他文物又印證了三千年前商代的歷史；殷墟發掘的成就使中國信而可徵的歷史拓展了一千多年，並且把歷史期間的史料和先史時代的地下材料作了強有力的鏈環。

　　甲骨文的發現，使得學者得以用三千年前的可信資料來探究中國的古史。由甲骨文的記載，可以知道《山海經》、《堯典》及其他古書中的一些古史資料，與甲骨文字完全相合；可以知道《詩經》、《楚辭》、《呂氏春秋》、《史記》關於玄鳥生商的傳說，在甲骨文中也可以找出遺迹。

　　甲骨文的發現為中國古代神話的研究闢出一片新天地。

第一章　千里江山寒色遠，山長水闊知何處——上古歷史與神話傳說

第一節　上古歷史的傳說時代

　　1939 年冬季，時在陝北延安的毛澤東，寫下了將要做為課本使用的名篇《中國革命和中國共產黨》〔註 1〕。其通篇之首的第一章的第一節便是講「中華民族」。文章開門見山地說：「我們中國是世界上最大國家之一，它的領土和整個歐洲的面積差不多相等。在這個廣大的領土之上，由廣大的肥田沃地，給我們以衣食之源；有縱橫全國的大小山脈，給我們生長了廣大的森林，貯藏了豐富的礦產；有很多的江河湖澤，給我們以舟楫和灌溉之利；有很長的海岸線，對我們以交通海外各民族的方便。從很早的古代起，我們中華民族的祖先就勞動、生息、繁殖在這塊廣大的土地之上。」接下去又講道中國悠久的歷史：「在中華民族的開化史上，有素稱發達的農業和手工業，有許多偉大的思想家、科學家、發明家、政治家、軍事家、文學家和藝術家，有豐富的文化典籍。」總而言之「中國已有了將近四千年的有文字可考的歷史。」〔註 2〕

　　三十年後的 1968 年，遠在英倫的劍橋大學教授丹尼爾根據對考古學資料的考證，指出世界上有美索布達米亞、埃及、印度、中國、墨西哥、瑪雅為六大文明起源，但是時至今日除了我們中國之外，地球上其它的古代文明都早已消失或斷層。那麼，毫無疑問，中國應該是依然卓立於世界上的最古老的國家，她有最悠久的、連綿不斷的歷史記載。

〔註 1〕後收入《毛澤東選集》第二卷。
〔註 2〕《毛澤東選集》第二卷，623 頁，北京：人民出版社，1991 年 6 月。

　　提到中國的歷史，今天人們總是說「我們有五千年的文明史」，「我們是炎黃子孫」，也就是說自炎帝、黃帝以來我們的民族和文化是一脈相承的。那麼它根據的是什麼呢？當然是根據傳統的古史記載，包括先秦時期以來的經、史、諸子等歷史文獻。中國歷史如果從文明起源算起，至少也有 5000 年。但是，我們今天所能見到的中國最早的文字是三千年前的甲骨文，甲骨文是殷商時期商王室用於占卜的卜辭。更早於商代的歷史，只有在文字出現以後的記錄，這之間相差了有千年的光景；而對於文字出現之前的這段歷史，就是夏商周三代以前的古史時期，《史記》在《夏本紀》、《殷本紀》、《周本紀》之前是《五帝本紀》，這段時期也就是我們今天稱之爲古史的傳說時代。

　　最早說中國古代有個傳說時期的，乃是北京大學的夏曾佑，他的《中國古代史》〔註3〕第一部分便叫「傳疑時期」，他認爲夏商周都是傳疑時期。到王國維在《古史新證》中說：「上古之事傳說與史實混而不分，史實之中固必然有所緣飾，傳說之中亦往往一史實爲之素地。」此一「素地」即是「基礎」、「背景」的意思。1943 年，尹達在延安出版《中國原始社會》一書，書中專門有一編稱作「從古代傳說中所見到的中國原始社會」，是這樣講的：「我們分析的結果，確知傳說里正含有不少中國原始社會的史實，它傳演下來的基本骨幹正合於社會發展的規律。因此，我們說這些傳說雖然經過後人的粉飾，穿上了一套套的後代的外衣，但它們還保存著一個若明若暗的中國原始社會發展的跡象。」這便是說，中國古史傳說不是憑空而來的，其中亦包含有不少史實。同樣在 1943 年，考古學家徐旭生（炳昶）出版了著名的《中國古史的傳說時代》。這本書 1960 年出了增訂本，日後屢次再版，影響很廣〔註4〕。是書則專門闢有一章稱作「我們怎麼來治傳說時代的歷史」，詳加討論這個問題。1947 年，徐旭生還與同是研究考古學的蘇秉琦合著《試論傳說材料的整理與傳說時代研究》一文，〔註5〕這篇文章很少有人讀過，但其重要性並不亞於《中國古史的傳說時代》。

〔註3〕1904 年出版，初名《中學中國歷史教科書》，後改作《中國古代史》。是書爲夏曾佑的代表作，亦是他唯一的著作。1902 年，夏氏應商務印書館約編寫該書，1904 年出版第一冊，1906 年出版第二、三冊。1933 年，商務重新出版該書並更名作《中國古代史》，是書由中學教科書升格爲「大學叢書」之一種。1955 年，三聯書店據商務 1935 年第三版重新刊印。

〔註4〕最近一版是 2003 年廣西師範大學出版社版。

〔註5〕刊北平研究院《史學輯刊》第五期。

徐旭生（左二）與黃文弼、馬衡、李宗侗、沈兼士、陳垣
在北京大學國學門

　　要知道，中國現代的考古學是與中國古代歷史學相結合的，如此也就與
中國古代文獻的整理是密切結合的。古代文獻是古代遺留下來的信息，古代
的信息是如何流傳下來的？不同時間，不同空間的信息流傳下來，要靠人類
的重大發明，也就是文字的記載。文字之前，尚有口頭流傳的史料。

　　中華民族歷史悠久，自古以來就是一個非常重視歷史的民族。中國悠久的
歷史是從三皇五帝開始的，也就是由伏羲、女媧開始。像《淮南子·覽冥》等
古代文獻就有：女媧或謂伏羲之妹，或謂伏羲之妻。傳說古時天崩西北，女媧
煉石補天，積蘆灰止淫水。「女媧補天」的傳說即屬於中國古史傳說的一部分。

　　任何一支古代文明，在談到其遠古時代，一定要與神話傳說結合在一起。
神話傳說的內容，反映出人類的童年時期。一個人在其長大成人後，定會對
自己的童年往事產生許多回憶。一個民族也是一樣，在自身壯大繁榮之後，
也會回憶自己的幼年生活。而在那個時代裏是沒有文字記載的，有的只是神
話傳說。但那些神話傳說又有其真實的歷史內容。現今的一些少數民族裏就
保留著許許多多的古代神話傳說，還有史詩。這些均為古代歷史開端的組成

部分，這些神話傳說並非不是史實，而是歷史的昇華，其反映著古代先民對事物的認識。

在我們今天稱之爲古史的傳說時代裏，古代先民也有許許多多動人的描述，這些流傳千古的美好傳說，也存在於甲骨文的記載中，這就是我們要深入研究的話題。

第二節　上古年代的整合推斷

中華文明是人類歷史上有數的獨立起源的文明之一，自古至今，綿延流傳，未有中斷，世所僅見。但是中國古史記載的上古年代，迄今仍缺乏科學論證而不能爲世界所公認；且在對上古年代的研究方面，中國又較埃及、兩河流域等古代文明落後。目前得到中外人士公認的中國最早的確切歷史紀年只是漢代司馬遷《史記‧十二諸侯年表》的開端——即西周晚期的共和元年，也就是公元前841年，再早的《三代世表》則有世無年。

中國的歷代學者都試圖彌補這一缺憾，上推共和元年前之紀年，早在西漢末，劉歆就曾於編製「三統曆」時寫有《世經》〔註6〕一篇，以推夏商周三代紀年。如此說來，對上古年代的研究已有兩千年的歷史了，只是受限於各種條件，三代的年代仍處於模糊狀態，這又同我們文明古國的地位極不相符，其中最主要的原因是材料的不足徵。

近數十年來，隨著考古學的「狂飆」式發展，使得要解決此一問題的迫切性再次提上了日程。就在1995年12月21日，「夏商周斷代工程」被列爲國家重大科研課題，「斷代工程」的最終目標，是完成有科學依據的「夏商周年代年表」，又通過對不同歷史階段情況的分析和估量確定了下述具體目標：對西周共和元年，即公元前481年以前各王，提出比較準確的年代；對商代後期武丁以下各王，提出比較準確的年代；對商代前期，提出比較詳細的年代框架；對於夏代亦提出基本的年代框架。

「夏商周斷代工程」有賴史學，考古，天文及測年技術等項學門學科的專業人士共同完成，其研究途徑主要是對傳世文獻和古文字材料進行搜集整理鑑定研究，「斷代工程」經過論證，設立了九大課題，下分三十六專題：一，有關夏商周年代、天象及都城文獻的整理及可信性研究；包含1、夏商周年代

〔註6〕見《漢書‧律曆志》。

與天象文獻資料庫；2、文獻中夏商西周編年的研究；3、有關夏商西周年代、天象的重要文獻的可信性研究；4、夏及商前期都城文獻資料的收集與整理。二，夏商周天文年代學綜合性問題研究；包含了：5、夏商周天文數據庫、計算中心和聯網設備的建立；6、夏商周三代更迭與五星聚合研究；7、夏商周三代（心宿二）星象和年代研究；8、夏商周時期國外天象記錄研究。三，夏代年代學的研究；包含了：9、早期夏文化研究；10、二里頭文化分期與夏商文化分界；11、《尚書》仲康日食再研究；12、《夏小正》星象和年代。四，商前期年代學的研究；包含了：13、鄭州商城的分期與年代測定；14、小雙橋遺址的分期與年代測定；15、偃師商城的分期與年代測定。五，商後期年代學的研究；包含了：16、殷墟文化分期與年代測定；17、殷墟甲骨分期與年代測定；18、殷墟甲骨文和商代金文年祀的研究；19、甲骨文天象記錄和商代曆法。六，武王伐紂年代的研究；包含了：20、武王伐紂時天象的研究；21、先周文化的研究與年代測定；22、周原甲骨的整理及年代測定；23、豐鎬遺址分期與年代測定。七，西周列王的年代學研究；包含了：24、琉璃河西周燕都遺址分期與年代測定；25、天馬——曲村遺址分期與年代測定；26、晉侯墓地分期與年代測定；27、西周青銅器分期研究；28、晉侯蘇鐘專題研究；29、西周金文曆譜的再研究；30、「懿王元年天再旦於鄭」考；31、西周曆法與春秋曆法——附論東周年表問題。八，碳十四測年技術的改進與研究；包含了：32、常規法技術改造與測試研究；33、骨製樣品的製備研究；34、加速器質譜儀法技術改造與測試研究。九，夏商周年代研究的綜合和總結；包含了：35、夏商周年代研究的綜合和總結；36、世界諸古代文明年代學研究的歷史與現狀。項目進行中又依研究需要增加了四個專題：禹伐三苗綜合研究；商州東龍山文化分析與年代測定；邢臺東先賢文化分期與年代測定；金文紀時詞語（「月相」）研究等四專題。

　　「夏商周斷代工程」的最終目標，是製定出有科學依據的「夏商西周三代的年表」。在 1996 年開始至 1999 年 10 月 1 日前的這一「斷代工程」進行期間，「工程」的參與者們認定在二十二項課題當中，「夏商周斷代工程」已取得了突破性的成果，二十二項進展分別做：

　　碳十四測年技術的改進——常規法測試精度優於千分之三，加速器質譜儀法測試精度優於千分之五，均達到國際先進水平。

　　碳十四測年樣品製備和研究——通過對骨質樣品各種處理方法的篩選，

利用保存較好的骨質樣品（含有字甲骨），測出可靠的年代，並建立了新的加速器質譜儀用二氧化碳製備系統及樣品氣體回收裝置。

琉璃河 1193 墓年代的測定與研究——以墓主是成王所封的第一代燕侯做憑證，為周初年代提供了數據。

琉璃河 108 灰坑的發現與研究——「成周」卜甲的存在，證明該遺址最早文化層不早於成王時。

西周青銅器的類型學研究——以嚴格的考古學類型學方法，為金文曆譜奠立科學基礎。

吳虎鼎的發現研究——作為宣王時的標準器，聯繫其他金文，證明西周晚期共和以下曆譜的可信。

晉侯蘇鐘的研究與晉侯墓地 8 號墓的碳十四測年——兩者互相配合，推定了厲王的年代。

「懿王元年天再旦」的證驗——通過重新推算以及對發生於 1997 年 3 月 9 日的日全食的觀測，確認該「天再旦」記錄最可能是日出時全食。

虎簋蓋的發現與研究——結合師虎簋，並與「天再旦」推算匹配，推進穆王、懿王年代。

靜方鼎的研究——配合穆王元年的推定與古本《紀年》，推出昭王的年代。

灃西 18 號灰坑的發現與測年——建立考古學上的商周界標，推定武王克商的年代範圍。

武王克商年的天文推算——選定公元前 1046 年為武王克商年。

安陽三家莊遺址的發現——為盤庚遷殷至小乙時期之研究提供條件，並為河亶甲所居之相提供線索。

「三焰食日」的排除——通過有關卜辭的重新研究，克服了日月食推算的難點。

賓組五次月食的證認——結合甲骨分期研究，得出唯一一組年代，從而推定了武丁紀年。

帝辛祀譜的排定——採用黃組周祭三系統說，推定帝辛（紂）年代。

對有字甲骨首次進行碳十四、加速器質譜儀法測年。

邢臺東先賢遺址的發現——為祖乙遷邢提供線索。

在鄭州商城和偃師商城確認考古學上的夏商界標。

登封王城崗與禹縣瓦店的發掘——擴大了探索早期夏文化的範圍。

仲康日食再研究──對前人成果作出總結，進行了新的研究和推算。

然而，舉世矚目的「夏商周斷代工程」並沒有像開始啟動時預期的那樣結題，三年之內製成有科學論據的「三代年表」的願望沒有實現。儘管事多難料，結局非如人願，「夏商周斷代工程」畢竟在新千年的 4 月，一份《夏商周斷代工程 1996〜2000 階段成果報告‧簡稿》（修訂稿）在千呼萬喚中出臺，雖還不算正式公開，但個中已稱：「本報告為向社會公佈階段成果所用，為求簡明，未能一一注明引用他人之說的出處，有關內容將在《夏商周斷代工程 1996〜2000 階段成果報告》（繁本）中全面反映。」「修訂稿」做如是說：「經過近四年的努力，夏商周斷代工程的既定目標已經基本達到，各課題組都已取得階段性成果。少數專題因工作量太大，仍在繼續進行，成果的某些方面尚需補充、完善。」

《夏商周斷代工程 1996〜2000 年階段成果報告簡本》

時光飛逝，轉眼又是十來年過去，「夏商周斷代工程」的成果報告繁本至今仍無音訊，而各種駁難紛至而來，先有由其老父代為校核的英年早逝的俄羅斯學人劉華夏遺作《金文字體與銅器斷代》〔註7〕論及「金文字體演變研究

───────────
〔註 7〕刊《考古學報》2010 年第 1 期。

簡史」特別推崇孫次舟；談到「由金文字體演變規律看夏商周斷代工程『西周金文曆譜』」，認爲「工程要實現其所宣稱的『西周共和元年（公元前 841年）以前各王，提出比較準確的年代』的目標」〔註8〕，恐怕還有很多工作要做。其中重要的即在於重視年代學理論及金文字體演變規律的類型學研究。不過正如孫次舟所云，不悉吾論一出，能取信於宏通之士，使論古者改變其迷途之方向否？不久前去世的考古學界元老徐蘋芳追憶前輩夏鼐縱論當今學界時說道：夏先生對碳十四斷代法在考古學應用中的科學界定，既必要又及時，作爲身負指導整個中國考古學重任的學者（當時夏是中國社會科學院考古研究所所長），指出利用碳十四斷代這把雙刃利劍時的辦法，可以說是盡職盡責，不愧爲中國現代考古界的領軍人物。夏鼐先生逝世後，學術環境發生了變化，行政長官意志代替了學術發展的自身規律，不顧碳十四斷代法在考古學應用中的局限性，必欲以此法來測定包括武王伐紂在內的夏商周三代的絕對年代，誤把歷史時期考古學文化在地層上的孤立的碳十四年代作爲武王伐紂、夏商分界的標準，引發了國內外學術界的指責、質疑。究其原因，皆因個別負責項目的「首席科學家」，不知考古學的深淺，根本無視夏鼐先生當年的囑咐，盲目承擔了不可能完成的任務，造成了無法收拾的結局，貽笑大方。這個教訓是我們要永遠銘記在心、引以爲戒的。〔註9〕最近的一次，則是在 2010 年的 5 月，93 高齡史學家何炳棣在北京清華大學歷史系做題爲「夏商周斷代的方法問題」的講演，當面對「斷代工程」的首席所定的「武王伐紂」之年代提出質疑。指出與李首席的根本不同，是在方法上，原則上及史德上。辯論的焦點，還是公元前 1027 年，還是武王伐紂。」〔註10〕

〔註 8〕 見《夏商周斷代工程 1996～2000 年階段成果報告簡本》，2 頁，北京：世界圖書出版公司，1999 年。
〔註 9〕 徐蘋芳：《夏鼐與中國現代考古學》，《考古》2010 年第 2 期。
〔註 10〕 參見《光明日報》2010 年 5 月 28 日第 5 版「綜合新聞」「何炳棣李學勤面對面辯論夏商周斷代方法」。

何炳棣 93 歲之神情（胡振宇攝）

按照「夏商周斷代工程」拿出的標誌成果——《夏商周年表》推算，我們下面要深入研究的話題——中國上古歷史的傳說時代，是屬於公元前 2070 年之前所發生的事情了。

第三節　豐富多彩的神話傳說

人類社會的文明發生、發展至今，已經經歷了漫長的歲月。對於她的悠久歷史如何評判有著許多種不同的標準，最常見的就是從其結構的角度來分析，將其社會的發展分成由原始社會，其中又包括有母系社會和父系社會、到奴隸社會、封建社會、資本主義社會、社會主義社會等等；若從其使用工具的角度來分析，則又可以將其社會發展劃分爲舊石器時代、新石器時代、銅器時代、鐵器時代等等；此外還有很多不同的角度。在文明的早期直至新石器時代，人類社會的變革非常緩慢，人們本身的力量尚不足以使自然界發生任何較大的變化，但是自然環境的巨大變遷，不光在自然界留下了它的詳盡的痕跡，也在人類社會、人的心理、人的思想方面上都打下了深刻的烙印。對於前者我們可以用種種自然科學的手段加以瞭解，而後者則具體表現於古代神話傳說之中，兩者是相同事件之反映，所以可以相互參照對比。

中國歷史古籍像「四書五經」和「諸子百家」等均包含有神話傳說的記載，而集神話傳說之大成者當首推《山海經》。

　　提到《山海經》一書，它的確是中國上古文化的珍品。此一部奇書，在不到三萬一千字的篇幅裏，記載了約四十個邦國，五百五十座山，三百條水道，一百多個歷史人物，四百多種怪獸。不僅集地理志、方物志、民族志及民俗志於一身，也保存了中華民族大量的原始神話。《山海經》亦是中國古代最早的一部地理著作。舊傳為禹、益所作，當代學者一般認為並非一人一時所作，最早編寫時間應當是在戰國，經後人逐漸附益，至秦漢成型。另有不少人認為，《山海經》本當與圖相配，是圖的說明文字，只是圖後世失傳。今所見之插圖，是後人據文所繪。

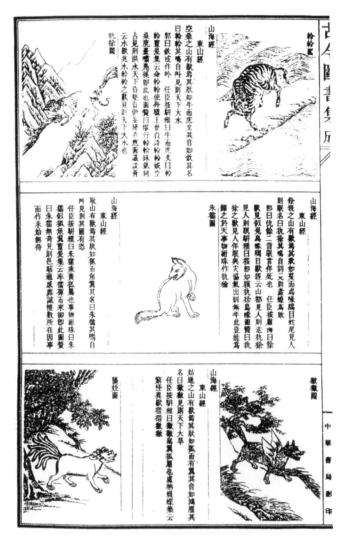

清《古今圖書集成》中的「山海經圖」

　　《山海經》原有三十二篇，西漢末年劉歆整理校定爲十八篇，至東晉時郭璞又進行了全面的校訂和注釋。今傳本《山海經》已非劉歆整理的原貌，十八卷分爲「山經」和「海經」兩個部分。「山經」五卷，內容約占全書的三分之二，主要記述各方名山大川、動植方物，包括《南山經》、《西山經》、《北山經》、《東山經》、《中山經》各一卷；「海經」十三卷，主要記載海內外殊方異國傳聞，包括《海外南經》、《海外西經》、《海外北經》、《海外東經》、《海內南經》、《海內西經》、《海內北經》、《海內東經》、《大荒東經》、《大荒南經》、《大荒西經》、《大荒北經》及《海內經》各一卷。由於《山海經》夾雜了大量的古代神話傳說，歷來多被斥爲荒誕，但書中記述的山水礦藏卻並非虛構，很多可以得到證實。《山海經》包含的內容極爲豐富，涉及地理、物產、醫藥、神話、宗教、民俗、巫術、民族等多個方面，保存了珍貴的上古社會的資料，兼具史料價值和文學價值。

　　除《山海經》外，還有《楚辭》、《淮南子》、《列子》、《搜神記》、《述異記》、《拾遺記》以及《穆天子傳》等。

　　《穆天子傳》，又稱《周王遊行記》、《周王傳》等，是西周歷史神話典籍，乃西晉時期出土的汲冢竹書之一種，也是汲冢竹書中唯一比較完整地流傳至今的文獻。其作者不詳，一般認爲成書於戰國時期。亦有學者主張《穆天子傳》源自游牧部落河宗氏的傳說，後被魏國史官整理成書。亦有人懷疑是僞書。

　　《穆天子傳》初分五篇，到東晉郭璞注此書時，將同出汲冢的雜文《周穆王美人盛姬死事》一篇加入，編爲六卷。到宋時全書有八千五百餘字，元時損爲六千六百餘字，是以今本有所殘缺。

　　今本前五卷詳載周穆王率領七萃之士，駕八駿，從宗周出發，西遊崑崙，會西王母的故事，沿途之奇珍異聞均予記錄。《穆天子傳》所記行程皆記有日月，屬於編年性質，其體例大致與後世的起居注相似，《隋書‧經籍志》、《新唐書‧藝文志》都把它列入史部起居注門。

　　《穆天子傳》內有大量神話傳說的成分，所述西王母、赤烏氏、盛姬等故事均成爲後世小說的濫觴。但《穆天子傳》畢竟不可以「小說」視之，其記載的一些地理、史事和人物的眞實性，已經得到不少資料和研究的證明。如人物毛班，不見於其他古書記載，卻可見於青銅器班簋銘文。總之，《穆天子傳》爲我們研究先秦的歷史、地理以及古代西域各部族的分佈和中西交通提供了許多有用的史料。

　　還有《逸周書》，原名爲《周書》，在性質上與《尚書》類似，是中國古代歷史文獻彙編。舊說《逸周書》是孔子刪定《尚書》後所剩，是爲「周書」的逸篇，故得名。今人多以爲此書主要篇章出自戰國人手。關於《逸周書》的來歷，有一說以爲其爲晉武帝時汲郡古墓所出，亦爲汲冢古書之一種，所以又稱之爲《汲冢周書》，《隋書・經籍志》、《新唐書・藝文志》等皆如此著錄；另一說以爲其自古流傳不絕，而非出於汲冢，並以許愼《說文解字》、鄭玄《周禮注》等所引材料及《漢書・藝文志》所載「《周書》七十一篇」爲證。亦有人折衷兩種說法，認爲今之所見《逸周書》實爲後人合傳世本與汲冢本而成。

　　今本《逸周書》共十卷，正文七十篇，另有序一篇，文字訛缺很多，其中《程寤》、《秦陰》、《九政》、《九開》、《劉法》、《文開》、《保開》、《八繁》、《箕子》、《耆德》、《月令》等十一篇有目無文。每篇篇名上均贅有一個「解」字，據說是晉五經博士孔晁注解此書時所加，後人誤以爲是篇名原有而以訛傳訛。

　　《逸周書》內容龐雜，各篇體例、性質不盡相同，正文大體上按史事之年代早晚編次，記事上起周初的文王、武王，下至春秋後期的靈王、景王。該書記載了許多重要史事，保存了不少上古時期的歷史傳說，對研究先秦歷史文化也很有價值，其中《克殷》、《世俘》等篇記武王伐紂經過，是研究商周之際史事的重要依據之一。

　　中國古代有著許多膾炙人口的上古神話。比如：

　　「盤古開天闢地」——《藝文類聚》卷一引《三五歷紀》：「天地混沌如雞子，盤古生其中。萬八千歲，天地開闢，陽清爲天，陰濁爲地。盤古在其中，一日九變，神於天，聖於地。天日高一丈，地日厚一丈，盤古日張一丈，如此萬八千歲。天數極高，地數極深，盤古極長。故天去地九萬里。後乃有三皇。」

　　又有「女媧補天」——《淮南子・覽冥訓》：「往古之時，四極廢，九州裂，天不兼覆，地不周載；火爁炎而不滅，水浩洋而不息，猛獸食顓民，鷙鳥攫老弱。於是，女媧煉五色石以補天，斷鰲足以立四極，殺黑龍以濟冀州，積蘆灰以止淫水。補蒼天，立四極，淫水固，冀州平，蛟蟲死，顓民生。」

　　再有「精衛塡海」——《山海經・北次三經》：「發鳩之山，其上多柘木。有鳥焉，其狀如烏，文首、白喙、赤足，名曰精衛，其鳴自詨。是炎帝之少

女，名曰女娃。女娃遊於東海，溺而不反，故爲精衛。常銜西山之木石，以
堙於東海。」

　　還有「夸父追日」──《山海經・海外北經》：「夸父與日逐走，入日。
渴欲得飲，飲於河、渭。河、渭不足，北飲大澤。未至，道渴而死，棄其杖，
化爲鄧林。」又《山海經・大荒北經》：「大荒之中，有山，名曰成都載天，
有人珥兩黃蛇，把兩黃蛇，名曰夸父。后土生信，信生夸父，夸父不量力，
欲追日景，逮之於禺谷。將飲河而不足也，將走大澤，未至，死於此。」

　　接下來「后羿射日」──《淮南子・本經篇》：「逮至堯之時，十日並出，
焦禾稼，殺草木，而民無所食。……堯乃使羿……上射十日……萬民皆喜，
置堯以爲天子。於是天下廣狹、險易、遠近、始有道理。」又《莊子・秋水
篇》成玄瑛疏引《山海經》（今本無）：「堯時十日並出，堯使羿射九日，落爲
沃焦。」

　　然後「大禹治水」──《山海經・海內經》：「洪水滔天，鯀竊帝之息壤
以垔洪水，不待帝命，帝令祝融殺鯀於羽郊，鯀腹生禹，帝乃命禹率布土以
定九州。」其餘像嫦娥奔月、牛郎織女、愚公移山、黃帝與蚩尤涿鹿之戰、
共工與顓頊撞不周山等等都是流傳至今的著名經典。

　　又像傳說中的聖人發明家，如「構木爲巢」的有巢氏，《韓非子・五蠹》
是這樣說的：「上古之時，人民少而禽獸眾，人民不勝禽獸蟲蛇，有聖人作，
構木爲巢，以避群害，號說有巢氏。」「鑽木取火」的燧人氏，《韓非子・五
蠹》是這樣說的：「民食果蔬蚌蛤，腥臊惡臭而傷害腹胃，民多疾病，有聖人
作，鑽燧取火，以化腥臊，號之曰有巢氏。」「養牲庖廚」的伏羲氏，《尸子》
是這樣說的：「宓羲氏之世，天下多獸，故教民以獵。」《世本輯補・作篇》
是這樣說的：「庖犧之臣芒作網、羅。」「遍嘗百草」「教民耕作」的神農氏，
《白虎通》是這樣說的：「古之人民，皆食禽獸肉。至於神農，人民眾多，禽
獸不足。於是神農教民農作，神而化之，使民宜之，故謂之神農也。」《易・
繫辭》是這樣說的：「神農氏作，斫木爲耜，揉木爲耒……以教天下。」其餘
還有倉頡氏「造字」、后羿氏「作弓」、嫘祖「蠶絲」、昆吾「製陶」、鯀「做
城池」、伏羲「演八卦」、風后「指南車」等傳說英雄的發明創造。就連「踢
毽子」也被認爲是由黃帝時代發明的軍中遊戲「蹴鞠」演變而來的。

第四節　神話傳說的內容分析

　　上面我們說的這些被遠古時代先民所創造出來的傳說神話，充滿著神秘的色彩和離奇的內容，然而正如德國哲學家卡西爾所說：「我們從歷史上發現，任何一種偉大的文化無一不被神話原理支配，滲透著。」〔註11〕

　　「神話」這個概念並非中國特產，神話一詞的第一層含義有傳說和故事的意思，它們都來源於希臘語（mythos），是指傳說、故事、歷史、寓言。漢語文化界在翻譯它的時候雖然選擇了「神話」這個詞來與之對應，但它並不表明，神話的先決條件是「神」，似乎必須先有「神」，然後才有「話」。

　　無論是中國還是西方的神話，都可以被分為創世神話——其中包括：關於宇宙起源即「開天闢地」、人類起源、文化起以及氏族和民族起源等神話；洪水神話、戰爭神話、自然神話——包括日、月、星辰、四季、五方神話；這些話題正是今天人們關於世界的本源、人類的歷史、宇宙的形成、等一些備受關注的問題，由此可見神化與人類的文化傳統及科學精神有著千絲萬縷的聯繫。

　　那麼到底什麼是神話，馬克思在《政治經濟學批判導言》中稱：「任何神話都是用想像和借助想像以征服自然力，支配力，把自然力加以形象化。因而，隨著這些自然力實際上被支配，神話也就消逝了。」〔註12〕

　　魯迅在《中國小說史略》中講：「昔者初民，見天地萬物，變異不常，其諸現象，又出於人力之所能以上，則自造眾說以釋之。凡所釋，今謂之神話。」〔註13〕

　　茅盾在《神化的意義與類別》中說：「我們所謂神話，乃指：一種流行於上古民間的故事，所敘述者，是超乎人類能力以上的神們的行事，雖然荒唐無稽，但是古代人民互相傳述，卻信以為真。」又說「傳說也常被混稱為神話。實則神話自神話，傳說自傳說，二者絕非一物。神話所敘述者，是神或半神的超人所行之事；傳說所敘述者，則為一民族的古代英雄（往往即為此一民族的古代祖先或最古的帝王）所行的事。」〔註14〕

　　《辭海》則認為：「反映古代人民對世界起源、自然現象及社會生活的原始理解，並通過超自然的形象和幻想的形式來表現的故事和傳說。它並非現實生活的科學反映，而是由於古代的生產力水平很低，人們不能科學地解釋

〔註11〕　見卡西爾：《國家的神話》，北京：華夏出版社，1999年。
〔註12〕　《馬克思恩格斯選集》第二卷，711頁，北京：人民出版社，2012年9月。
〔註13〕　《魯迅全集》第九卷，19頁，北京：人民文學出版社，2005年11月。
〔註14〕　《茅盾全集》第28卷，106頁，北京：人民文學出版社，1993年11月。

世界起源、自然現象和社會生活的矛盾、變化，借助幼稚的想像和幻想，把自然力擬人化的產物。神話往往表現了古代人民對自然力的鬥爭和理想的追求，……歷代文藝創作中，模擬神話、假借神話傳說中的神來反映現實或諷喻現實的作品，通常也稱為『神話』。」〔註15〕

應該說神話是人類對自然的認識，支配過程中的產物。在人類對於自然界的種種自然現象還不能認識，不能掌握和支配的時期，對自然現象充滿了神秘和無知，自然現象有時給人類帶來幸福與歡樂，有時又莫名其妙地給人類降下災禍與苦難，於是人們便認為存在著凌駕於人類之上的力量，並對之產生敬畏之心；由敬畏而乞求保祐或者激發戰而勝之的志向和願望。日久天長，人類借助於自己的想像，把這種自然現象形象化。這便產生了各式各樣內容不同的神話。

神話產生於人類社會發展初期階段，其本質即不同於現今概念中的故事，亦非單純的宗教或文藝，它是當時人類對所獲得信息的概括及總結。

現存和現知的中國古代神話，數量很多，但大體上可以分作三大類：

一類是「把自然力加以形象化」。如《山海經·海外北經》中的燭陰：

> 鍾山之神，名曰燭陰。視為晝，瞑為夜，吹為冬，呼為夏，不飲不食不息。息為風。身長千里。在無脣之東。其為物，人面蛇神，赤色。居鍾山下。

燭陰，又名燭龍，他睜開眼睛就是白天，閉上眼睛便是夜幕降臨；吹氣是冬天，呼氣是夏天。這個形象顯然是由於人類在不知道地球的公轉、自轉和日月星辰運轉規律時期，由人類自身的特徵而想像產生的一位支配晝夜和四季的神。這類神話，在不同的地區，在不同的人群中，大同小異地流傳著。所以《山海經·大荒北經》又有這樣的記載：

> 西北海之外，赤水之北，有章尾山，有神，人面蛇身而赤，直目正乘。其瞑乃晦，其視乃明。不食不寢不息，風雨是謁。是燭九陰，是謂燭龍。

大約在流傳到人煙漸多起來之後，人們經常出入深山，也見不到這神秘的龐然大物，於是這個神秘的燭龍就變形了。所以《玄中記》又有這樣的記載：

> 北方有鍾山焉，山上有石，首如人首，左目為日，右目為月，開左目為晝，開右目為夜。開口為春夏，閉口為秋冬。

〔註15〕 《辭海》（1989 年版），4157 頁，上海辭書出版社，1989 年 9 月。

這個燭龍神話在不同地區的流傳以及活燭龍變成死化石的記載，證實了馬克思的話：人類「把自然力加以形象化」了，且隨著人類對自然現象的認識、理解、掌握而逐步變化著，消逝著。

晉・陶淵明《讀山海經十三首》

第二類是人與自然的神話，即馬克思所說的「征服自然力」、「支配自然力」的神話，亦即通常所說的戰勝自然的英雄神話，如前所引的《淮南子・覽冥訓》中的英雄女媧：

類似的神話，還有大禹治水、精衛填海、夸父追日、羿射十日等。不過，這類神話究竟是人類征服自然的理想，還是人類征服自然的經過，尚待深入分析。

東漢畫像磚上的伏羲女媧

　　第三類是社會神話，即關於人類自身的、人與人之間的社會生活的神話。這類神話最複雜，就現存和現知的中國古代神話看，至少有三種。一種是關於人類起源的，如兄妹生子說和天神造人說；一種是關於生活與情感的，主要是男女情愛方面的，如湘君、湘夫人；一種是歷史與戰爭的，如關於炎、黃兩大士族部落的領袖人物及其戰爭。

　　除開以上這三大類神話，還有在《山海經》裏記述的奇人異物，他們並不是自然力形象化，而是人類對於罕見稀聞的異人及動植物的認識、誇張乃至神秘化，因而以訛傳訛，流傳下來，如《山海經·南山經》裏所記述的「狌」和「類」：

> 南山經之首曰鵲山，其首曰招搖之山，臨於西海之上……有獸焉，其狀如禹而白耳，伏行人走，其名曰狌狌，食之善走。……又東四百里，曰亶爰之山，多水，無草木，不可以上。有獸焉，其狀如狸而有髦，其名曰類，自爲牝牡，食者不妒。

魯迅認爲，現存的中國神話，「每不免有所粉飾，失其本來」，因之他對於神話的舉例是很謹慎的，他似乎只承認西王母是神話，盤古開天闢地是神話，其餘則多是傳說了。他把神話與傳說分開的界限，是「故事近於人性」的「半神」，是神話在流傳中的「而改易，而銷歇」，所以古老的神話發展到了「近於人性」的「半神」以後，則只有傳說而就再沒有神話了。

第二章　悠悠夢裏無尋處，滿目山河空念遠──近世學者的古史批判

第一節　神話傳說與時代痕跡

　　神化是有著時代痕跡的，所以我們說女媧補天的故事產生於母系社會，盤古開天的故事產生於父系社會，黃帝與蚩尤大戰的故事則產生於氏族大兼並以後。

　　現存神話傳說最集中的古書，首推《山海經》。作為神話寶庫的《山海經》，講小說史，把《山海經》放在「小說之最古者」〔註1〕的位置上，講地理、講動植物、講礦物、講醫藥，也都把山海經放在首位；甚至「可算是我國最古的一部世界民族志」因為它「記載了各種不同的民族及其分佈地區」〔註2〕。顯然，《山海經》是中國古代文化史上一部極其重要的典籍。

　　中國古代以「山」「海」為綱，故《山海經》這部書在《漢書・藝文志》中收在數術一類，列在一起書本有一百九十種，兩千五百二十八卷，到今天只有此書保留了下來。《山海經》十八卷，分《山經》五卷，《海經》十三卷。它的內容非常龐雜，自然方面的山川澤林、動植礦物，人文方面的邦國、民俗、信仰、服飾，以及帝王世系、發明創造無奇不有。其中《山經》多是巫師、祀官踏勘山川的記錄；《海經》則幾乎全部是神話。第一位評說《山海經》

〔註1〕見《四庫全書總目提要・山海經》。
〔註2〕楊堃：《摩爾根以前的民族學》，刊氏著《民族學概論》第二編，第一章，30頁，北京：中國社會科學出版社，1984年7月。

性質的人，是西漢人劉歆，他在《上〈山海經〉表》中說：「《山海經》者，出於唐虞之際」，「禹別九州，任土作貢，而益等類物善惡，著《山海經》」，「內別五方之山，外分八方之海，紀其珍寶奇物，異方之所生，水土草木禽獸昆蟲麟鳳之所止，禎祥之所隱，及四海之外，絕域之國，殊類之人。」劉歆的《山海經》序錄，體現了當時儒者對待神話傳說的態度。劉歆指出《山海經》一為禹、益所作，說它「皆聖賢之遺事，古文之著明者也，其事質明有信」。劉氏列舉漢武帝時東方朔根據《山海經》得知異鳥之名，宣帝時劉向利用《山海經》解說上郡石室中發現的「反縛盜械人」——實際為一種有石槨的屈肢葬，等事項，來說明《山海經》一書的用途。這種對待神話傳說的態度，正是孔夫子理性主義的傳統。但是漢代劉向、劉歆的思想到兩千年以後的今天卻被一些人斥責為迷信傳說，這才真是出乎他們父子的意料！這是後話了。

在《山海經》裏邊，我們現代稱之為神話的那些故事，總體說來有兩大類：一類是關於自然物和自然現象的神話，即原始神話，一類是關於歷史和歷史人物的神話，即遠古神話。

關於自然物和自然現象的神話，為數並不多，最著名的是《海外北經》的鍾山之神燭陰。此外，大量的是關於日月的神話，因為原始人群在生活中接觸最多的是日月的出入，所以關於日月的神話多種多樣。

《山海經》裏，還有著大量的關於歷史和歷史人物的神話，主要是圍繞著炎黃兩大部落相關的戰爭紀事類神話：如關於黃帝、炎帝、大禹、共工、堯等等傳說，這許多的神話傳說的相當一部分，後來被認作是歷史的源頭，被尊為三皇五帝而成為中華民族的始祖。

此外，還有其它歷史大事件，歷史人物的遺事，在不同地區、不同時期傳播著，衍化著：《山海經》中記載了大量的關於黃帝與炎帝的子孫後裔，彙集起來，則是一部很完整的譜系。但這些記載，大部分不能構成完整的神話故事，只是一些隻言片語。把動物崇拜為神，是一種最古老、最落後的信仰形態。中國古書《山海經》記載了原始時代以神為獸和認售為神的信仰。而這種以獸為神的情況，乃是一種世界現象。世界各民族最早的神祇，多是動物的形象，這是以獸為神的明證。繼動物之後興起的，是把現實的人崇拜為神，或者稱為人神。在中國，《山海經》中的帝，就是當時的人神。依該書所說，則日月都是帝俊的兒子，海神神則是黃帝的兒子，而顓頊帝的子孫，則被任命司管日月的運行。

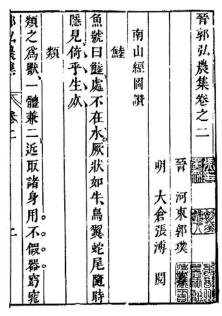

晉・郭璞《山海經圖贊》

　　另外一個在文化史上佔有重要地位，最爲突出的是《穆天子傳》。

　　《穆天子傳》是用月亮神話發揮了穆天子西遊的事跡，內容頗有與《山海經》相似的意味。書中的穆天子，史有其人，名滿，是西周第五代天子。據說他喜愛遊獵，有出巡四方之事。也可能存在他所經過的氏族部落，但那種種神奇怪誕的故事，則肯定屬神話傳說了。《穆天子傳》敘周穆王駕八駿馬周遊北西南東四方，以及他對寵妃盛姬的隆重祭葬和追念。《穆天子傳》充滿了山水的名稱，而且山水名稱與《山海經》相合。今傳郭璞注本，六卷，又有五卷本，名《周王遊行紀》，不收穆天子葬盛姬一卷。

　　此外，由於原始社會的族群要以某種生物做爲食物的主要來源，自然也就對這種生物產生了敬仰和崇拜，圖騰也就因此出現了；如食蟬的部落被稱爲「窮蟬」圖騰，食龜的部落被稱爲「龜」圖騰。我國各族人民的姓氏，同世界上其它各種族一樣，首先應該從該氏族制度的圖騰談起。最早的圖騰，也就是姓氏的名稱，不過一般都是採用動物作爲標誌的，像「有熊氏」、「有龍氏」和「有駘氏」等。在漢族的歷史中，傳說中的女系人物應該是最早，如「西王母」和「女媧氏」等，因爲此時是以女性爲中心的母系社會，所以最早的姓氏多從女字旁，如姬、姜、姚、嬴、嫪等，而姓字本身也就是從女從生的。

　　隨之社會不斷發展，人們對事物的認識的範圍也日益擴大，圖騰的名稱，也就慢慢地從生物發展到了無生物，還有爲個人的名稱以及地名所代替。像傳說中的「有駘氏」就轉化爲「陶唐氏」，像「堯出生時，其母在三阿之南，從母所居爲姓」及「舜母生舜於姚墟，因姓姚氏」等等。同時原始圖騰更進一步分化出子圖騰、甚至孫圖騰來，姓氏同時逐漸增多，如高陽十世就分爲：己、董、彭、禿、嬛、曹、斟、芊八姓。舜之孫就分爲：胡、公、良、陳、袁、針、仲、慶、夏、宗、孔、儀、司、城等姓。在今天的姓氏中，還有馬、牛、羊、烏、梅、李、花、葉、林、山、水、雲、石、毛、皮、龍、風、雨、雷等，也都是圖騰的名稱。

　　人類進入階級社會以後，姓氏的對象越發廣泛，數量也隨之增添。除原來氏族社會遺留下來的用圖騰作標誌的姓氏外，出現了以封地來作爲姓氏，像陳、蔡、鄢、郏、薛、商等，同時爲了適應社會或家庭的需要，又出現一些新的姓氏。

第二節　疑古思潮的產生背景

　　1919 年的「五四運動」，既是一場偉大的反帝愛國運動，又是一場意義深遠的思想解放運動。她的主旨不僅在救亡而且還在於啓蒙，且救亡和啓蒙雙重變奏、互相促進。改變了中國歷史的發展方向。「五四運動」標榜尊崇「德先生」（英文 Democracy 的音譯）和「賽先生」（英文 Science 的音譯），也就是要提倡高舉民主和科學的大旗，在「打倒孔家店」的口號下，展開了對封建思想、封建文化、封建道德的全面衝擊。中國古代神話的研究自然也不例外的受到了巨大的衝擊，而這個重大變革的轉捩點即來自於懷疑古史的疑古思潮的出現。

　　中國古史研究既有悠久的歷史，又有豐富的傳承。自司馬遷《史記》開始，歷朝歷代都有修史的傳統，經久不衰，淵源流長。其深厚的內涵，總有使人目不暇接，眼花繚亂之感，就像俗話講的，「一部二十四史，不知從何說起。」而對於古史的記載，也是深信不疑。直至到了二十世紀初，事情開始發生了變化，一個時期內中國有一批學者，對一些過去的記載統統都產生懷疑，繼而對千百年來一直流傳的中國古代的歷史進行批判，認爲這些古代典籍中所寫的上古時代的傳說，時間越是古，就越是有後代的人加寫進去的內

容，即古代的歷史是「層累造就」的。他們和傳統的「信古派」不同，他們的旗幟是「拿證據來」，你要對堯舜時代的太平盛世給與贊頌，好吧，請你拿出你的證據來；你要對大禹時代的治水偉績加以慨歎，也請你拿出你的證據來。這批學者及其理論被稱作是「疑古派」，他們否定上古史並賦予它與前人完全不同的意義。

現代疑古史學的先聲可以說是源自於「五四運動」的前鋒和代表人物胡適，胡適之在同年 1919 年出版了其著名的《中國哲學史大綱（上卷）》，書中他稱五四新文化運動爲「中國的文藝復興」。也就在這本書裏胡適對沒有可靠材料證實的遠古時代採取了質疑的態度，直接從老子、孔子講起。書中第一次把孔子作爲一個哲學家、思想家，而不是作爲一個聖人來研究。胡適的古史觀是：「現在先把古史縮短二三千年，從《詩》三百篇做起。將來等到金石學、考古學發達上了科學軌道以後，然後用地下掘出的史料，慢慢拉長東周以前的古史。至於東周以下的史料，亦須嚴密評判，『寧疑古而失之，不可信古而失之。』」〔註3〕

在這種懷疑和求眞的思想觀念的影響下，還是青年的顧頡剛對中國歷史中「盤古開天闢地」、「三皇五帝」、「堯舜禹湯」等等有著完整序列的古史系統提出了質疑。顧頡剛首先發現，中國歷史上的人物就像戲曲舞臺上的人物，某些重複性主題、典型在不同歷史時期的歷史人物身上重演。他認爲，舊有的古史系統所記載的並不是眞實的中國遠古時代的歷史面貌，而是後人根據自己的需要僞造而成的。是「層累地造成的，時代越後，知道的古史越前；文籍越無徵，知道的古史越多。」〔註4〕用顧頡剛先生自己的話說〔註5〕：「我很想做一篇層累地造成的中國古史，把傳說中的古史的經歷詳細一說。這有三個意思。第一，可以說明『時代愈後，傳說的古史期愈長』。如這封信裏說的，周代人心目中最古的人是禹，到孔子時有堯舜，到戰國時有黃帝神農，到秦有三皇，到漢以後有盤古等。第二，可以說明『時代愈後，傳說中的中心人物愈放愈大。』如舜，在孔子時只是一個『無爲而治』的聖君，到《堯典》就成了一個『家齊而後國治』的聖人，到孟子時就成了一個孝子的模範了。第三，我們在這上，即不能知道某一件事的眞確的狀況，但可以知道某

〔註3〕見胡適：《自述古史觀書》，《古史辨》第一冊上編，1926 年 6 月樸社出版。
〔註4〕見顧頡剛：《與錢玄同論古史書》，《古史辨》第一冊中編。
〔註5〕同上引，見 1923 年寫給錢玄同的信。

一件事在傳説中的最早的狀況。我們即不能知道東周時的東周史，也至少能知道戰國時的東周史；我們即不能知道夏商時的夏商史，也至少能知道東周時的夏商史。」日後丁山作《中國古代宗教與神話考》，內中便認爲「這三點規律，或可修改，但誰也不能根本推翻」。

之所以顧頡剛走上「疑古」道路，亦因當時學術風氣之轉變，首先是清代學風有別於前代，「以前必要把學問歸結於政治的應用，而清代學者則敢於脫離應用的束縛」，「以前總好規定尊奉的一尊，而清代學者爲要回覆古代的各種家派，無意中把一尊的束縛也解除了」；其次是西洋科學傳入中國，「中國學者受到它的影響，對於治學的方法有了根本的覺悟，要把中國古今的學術整理清楚」，也就是所謂的「整理國故」，此一「呼聲倡始於太炎先生，而上軌道的進行則發軔於適之先生的具體的計劃」，顧本人則「生當其頃，親炙它們的言論，又從學校的科學教育中略略認識科學的面目，又因性喜博覽而對古今學術有些知曉，所以能夠自覺地承受」；第三是受康有爲和胡適的影響，其中「長素先生受了西洋歷史學家考定的上古史的影響，知道中國古史的不可信，就揭出了戰國諸子和新代經師的作僞的原因」，而「適之先生帶了西洋的史學方法回來，把傳説中的古代制度和小説中的故事舉了幾個演變的例，使人讀了不但要去辨僞，要去研究僞史的背景，而且要去尋出他的漸漸演變的線索，就從演變的線索上去研究，這比了長素先生的方法又深進了一層了」。〔註6〕

顧頡剛像

〔註 6〕以上引文均見顧頡剛：《古史辨》第一冊自序。

　　顧頡剛的理論可以歸納爲史前史的「分層積壘規律」；他認爲越早的帝王在歷史文獻裏出現越晚，最底下的一層是西周時期的文獻，歷史是從禹開始的，禹是夏代的創始者；可是到了春秋戰國時期，堯和舜被放到了禹的前面；最後到了漢代，黃帝和顓頊又被放到了堯舜的前面。

　　「疑古派」在本質上雖然具有破壞性，但對中國古代歷史研究帶來了較多的批判精神。雖然這場運動最大的盲點在於它把古書的眞僞與古書中所記載的史實的眞僞等同起來，認爲爲僞書中不可能有眞的史料，但是在這種懷疑的精神之下，單純的文字記載用來作爲有效的證據就變則顯然地不夠用了，必須要用考古學、民俗學的方法，來確立科學的史學。

　　這樣，傳統的中國古史系統自二十世紀初葉的「五四」新文化運動，特別是疑古派的「古史辨」運動以來，遭到徹底的破壞，經過一陣擾攘，人們對已被否定的古籍和古史失去了信心，只有通過剛剛誕生的中國考古學瞭解古史。

　　三十年後，參加過殷墟發掘的甲骨學家董作賓在論述這段歷史時講到：古代文化的探求，一方面要靠著記載──紙上材料，另一方面靠著甲骨金文上所記載的史實──地下材料，這是必然的。可是最近三十多年，可以說從「五四運動」以後，中國學術界有一個「偏向」，是偏重地下材料而看輕了紙上史料，不但看輕舊史料，而且抱著極端的懷疑態度對付舊史料，這就是近三十年如火如荼的疑古派作風。懷疑，本來是科學家應有的精神，爲了追求眞理，可疑的自然也應該存以待考，孔子所謂「信而好古」，「君子於其所不知，蓋闕如也」。「夏禮吾能言之，杞不足徵也；殷禮吾能言之，宋不足徵也；文獻不足故也，足則吾能徵之矣。」孟子所謂「盡信書則不如無書」，所以說「無徵不信」。有「徵」，就是有史料，有文獻，才可以求「知」，才可以「信」。上古傳下來的紙上史料，史實裏每每夾著傳說，不易區分；過於信，當然不可，過於疑，也要不得。大家都知道，風靡全國，震驚一世的大書《古史辨》，倡之者是我們的老朋友顧頡剛，從民國十五年六月發行第一冊（第三冊分上下兩本），到民國卅年發行第七冊（分上中下三本），前後十六年，共印了書十大本，共有二百八十多萬字，討論遍三皇五帝，夏商周的一切紙上史料，《詩》《書》《易》《禮》諸子百家的書籍，十大本《古史辨》，主要的觀點只是一個「疑」，一個「層累地造成的古史」信念之下的極端懷疑。這當然是屬於革命性，破壞性的。我國古代文化所寄託的一部分「紙上史料」，經過這樣一「辨」，幾乎全部被推翻了；

疑古的新史學影響所及，東西洋的漢學家，對於中國古代文化問題，爲之四顧茫然，不知所措。謹慎一點的人，只好從商代講起，再謹慎點，最好講春秋以後。當時爲什麼對於所有紙上史料下如此無情的總攻擊？這很簡單，大家都在夢想著期待著考古工作的開展，多找地下材料，如甲骨金文之類，再用這些新材料去建設一部上古的信史，這樣想法，也未見得不對。可是，上古史的傳統舊說，存在紙上的史料，至少是春秋以前，全被截下來，丟棄了，西周和晚殷的歷史靠著金文甲骨文，將來研究的結果，重新再寫；商代前期的史料，還需等待考古家大賣力氣用鋤頭去挖掘出來。〔註7〕

於是乎，傳統的中國歷史由盲目的信古，進而到疑古──疑古把上古的歷史歸入了「神話」和「傳說」，使得整個中國上古的歷史就剩下白紙一張。如此一來，消極的疑古發展成爲積極的考古將是必然的趨勢了。歷史的進程從而又向前邁進了一步，走向了考古的方向。所以近代中國的考古學的工作，並不是僅僅局限於尋找出證據來以重整中國歷史的輝煌，還有更爲重要的責任，那就是回答那些古代歷史上解釋含混不清的、而又被近代科學影響之下醞釀出來的一批問題。

第三節　疑古辨僞的正負作用

十九世紀二十年代「疑古派」之疑古辨僞運動，就是要徹底打破舊的傳統，矛頭主要指向傳統文化的主要部分儒家經典和儒家思想，竭力要把它們和古史、古書傳統分開，要割斷今古，「讓舊思想不能再在新時代裏延續下去」。〔註8〕他們徹底破壞了傳統的古史系統，中國五千年或四千年的歷史被縮短了一半，後來被人們廣爲流傳的、用以代表「古史辨」派的一句名言就是說「東周以上無史」。

「疑古派」是承襲古代的辨僞學而來。它的代表人物是「古史辨派」的領袖顧頡剛先生。顧頡剛不僅對前人的辨僞有系統地總結，而且還受到其當代思潮的影響，從康有爲和胡適之等人那裏汲取了靈感，喜歡用「託古改制」去解釋作僞動機，並把古史的形成看作「故事演變」，因而提出他的中國古史「層累造成」說。

〔註7〕董作賓：《中國古代文化的認識》，刊《大陸雜誌》三卷十二期，1951年；後
　　　　收入《平廬文存》卷三，臺灣：藝文印書館，1963年10出版。
〔註8〕顧頡剛：《我是怎樣編寫〈古史辨〉的》，《古史辨》第一冊。

　　1926 年胡適在旅歐途中作《介紹幾部新出的史學書》一文，[註9] 文中第一句話就對《古史辨》給出了準確的歷史定位，指出「這是中國史學界的一部革命的書」，它雖然「是一部討論史學方法的書」，但卻可以「解放人的思想」、「可以指示做學問的途徑」、「可以提倡那『深澈猛烈的眞實』的精神」。在介紹了顧頡剛走上辨僞道路的前因後果，稱讚顧「一方面是虛心好學，一方面是刻意求精」後，胡也承認有關古史的討論「至今未完」，但「我們可以說頡剛的『層累地造成的中國古史』一個中心學說已替中國史學界開了一個新紀元了」。胡適再強調，「無論是誰，都不可不讀顧先生的自序」，因爲這一洋洋六萬多言的自傳「是中國文學史上從來不曾有過的自傳」，並引時在北京的美國會圖書館中文部主任恒慕義語，稱其「雖是一個人三十年中的歷史，卻又是中國近三十年中思潮變遷的最好的記載」。事實上，讀過《古史辨》第一冊者無不被這篇長序吸引，就是政治人物如戴季陶毛澤東亦是如此 [註10]。

顧頡剛 1937 年在禹貢學會

〔註 9〕 後刊載於《現代評論》第四卷第 91、92 期，1926 年 9 月。
〔註10〕 參見《顧頡剛日記》卷二，第 169 頁 1928 年 5 月 31 日條及卷八，第 447 頁 1958 年 6 月 20 日條。刊於《顧頡剛全集》，北京：中華書局，2011 年出版。

　　顧頡剛先生對古書年代的研究是有巨大功績，因爲他集中了古人的各種觀點，把古書變成了理性思考的對象。雖然這類工作是以揭發其「眞僞」爲出發點的，並且它所使用的「眞僞」的概念有很大的片面性。但它把古書內容所包含的時代矛盾一層層剝離出來，這對糾正從前的人盲目的以題名和作者來確定古書的年代是很有積極意義的。如果說，前人對這種矛盾的揭發還往往是側重於對文句和詞語的解釋，那麼到了顧頡剛這裏就是有意識地要把它當作一種歷史的發生過程來做全面處理。這特別表現在顧先生的「層累造成」說。這一說法十分形象，因爲考古學正是從地質學中借用了同樣的概念來建立它的年代序列。這個概念只要稍稍加以修改——換成爲「層累形成」，對於古書年代的研究還是很有用的。

　　「層累地造成的中國古史」這一觀點一經問世，便在學術界和社會上產生了軒然大波。它使長期存在於人們頭腦裏的「三皇五帝」的古史觀發生動搖，使人們的思想受到了極大的震撼，也引發了中國近現代史學史上第一次關於中國古史的大討論，以顧頡剛爲代表的「古史辨派」在討論中逐漸形成，成爲古史研究中的一個重要派別。

　　在中國學術發展中，疑古辨僞之學曾產生過極大的推動作用，使人們拋開迷信、盲從的態度來看待古代文獻以及古人的經傳。疑古的態度和方法在近代學術的發展中的作用是不能小視的，他們於判定古書眞僞時，以其語言文字的精粗爲據，以其今古文字相同相異爲說，以其人事見於他書的稱引爲準，有了這樣的治學態度和方法，何愁解不開僞書之迷團。特別著名的如僞《古文尚書》，就是很好的一例。然而由於他們對其古籍的可靠性持太多的懷疑，進而動搖了這些古籍所記載的上古歷史。如此一來，古史被破壞殆盡，從而形成一種混亂局面。他們對古史系統破壞，對許多古籍的懷疑和否定，在人們思想觀念中造成的影響至深至巨。

　　疑古派對於中國古史傳說，是採取全盤否定的態度。他們的工作，一是把傳說與信史區別開來，二是把傳說歸入神話。其結果是把古史空出，完全讓位給了後來興起的考古學，因而造成「考古自考古，神話自神話」的局面〔註11〕。這樣雖然對歷史學的層次劃分是有利的，使得中國歷史中也有了「史前史」和「歷史時期」的這種區分，還促進了考古學的獨立發展。但是也就像徐旭生先生指出的：「攙雜神話的傳說與純神話是不一樣的」而「中國的古史

〔註11〕張光直語，見氏著：《中國青銅時代》，北京：三聯書店，1983年。

傳說並不是純神話。」〔註12〕疑古派把古史傳說當作純神話，應當與他們對戰國秦漢時期人們的心理產生誤解有關，他們以為那個時代的人太迷信，於是就喜歡編故事，所以他們總是過多強調作偽而忽視了歷史的傳承。他們對古史性質的否定，也使考古學失去了一種必要的參考。

　　疑古派全面否定上古歷史，也造成了眾多弊端：首先，疑古派對古代歷史形成的這一複雜過程理解得過於簡單化了，他們以為傳述年代較晚的古書，一定就屬於後代人的偽造，於是就稱它作「偽古史、真神話」，進而把原有的中國古史系統一筆勾銷了，使之完全讓位給考古學，不僅曲解了古史的性質，而且從長遠的觀點看，對考古學還產生有不利的影響。其次，疑古派沿襲了經今文派對經古文派的偏見，從而把《左傳》、《周禮》等古代文獻一概斥為偽作，這對於信史的研究也造成了極大的妨礙。《左傳》詳盡敘述了春秋時代的史實和制度，《周禮》則是現存唯一一本講述古代典章制度的古代典籍。如果否定了這兩部書，那麼真的「東周以上」就會出現「無信史」的局面了，並且更為重要的是，它使古史研究中失去了繼續向上作進一步追朔的起點。再者，把先秦古籍的年代普遍拖後，往往把它們說成是漢代劉向偽造、或者時代更晚的偽造，就不僅對古史的形成過程是一種曲解。對古書的流傳和整理也是一種曲解，在目錄學和古代學術史的研究上也造成了一定的混亂。

　　五千年的中國古代歷史，經過疑古思潮的洗禮，被腰斬後一分為二：兩千年以下可做為是「信而有徵」的歷史時期；兩千年以前則被看作是虛無飄渺的神話傳說時代。雖然這說的多是在文獻學方面，但它的後果卻是恰好為考古學開出了一條道路；或許又可以這麼說，疑古派無意間提拔了考古學，而考古學反過來又為懷疑拿出了證據。由前者鋪路，後者來架橋。

　　開始於十九世紀二十年代的在歷史學領域展開的古史辨運動，無疑為考古學的發生和發展準備了條件。可以說疑古派造成的影響使許多人喪失了對諸多古籍和傳統古史的信心，疑古思潮懷疑的精神和科學理性，又無疑為建立現代古史系統創造了客觀條件。在中國人對歷史的特殊興趣的驅動下，轉而求助於剛剛誕生的中國考古學，以求得對中國古史的認識。咳，聽起來真繞嘴。

　　我們先來看看考古學家李濟對傳統古史的看法，1934年時他曾這樣說到：「由這幾年古史辯論的趨向看，中國史籍所載的若干史實，因考古的發現，反

〔註12〕見氏著：《中國古史的傳說時代》增訂本，北京：文物出版社，1985年。

而更加證實了。但考古材料天天增加，先前所認為的古史問題，已不成問題。」
〔註13〕「顧頡剛先生的『層累地造成的故事』也只能算一種推倒偽史的痛快的
標語；要奉為分析古史的標準，卻要極審慎地採用，不然，就有被引入歧途的
危險。」（見李濟《中國考古報告集之一城子崖發掘報告序》，《東方雜誌》，第
32卷第1號，1934年）十年後，1953年他又講到：「在二十年代初，即被稱為
中國文藝復興的那個短暫時期以來，知識界有很重要的一夥人自稱是疑古派。
這些不可知論者懷疑整個中國古代傳統，聲稱所謂的殷代不管包括什麼內涵，
仍然處在石器時代。這些『疑古派』多數都曾受業於名人章炳麟門下，而在那
個文藝復興的浪潮裏卻又造了他們老師的反，但是積極的貢獻不多。然而這段
思想十分混亂時期也不是沒有產生任何社會價值，至少它催生了中國的科學考
古學。儘管科學考古學後來證明，在中國古代這個問題上，章炳麟和他的造反
的學生錯了。」「隨著安陽發現的公開，那些疑古派們也就不再發表某些最激
烈的胡話了。」「司馬遷《史記》中《殷本紀》中記載的帝王帝系上的名字，
幾乎全都能在新發現的考古標本——卜辭上找到。」由此「重新肯定了兩千多
年前司馬遷在《史記》中所載原始材料的真實性」，「安陽發掘的結果，使這一
代中國史學家對大量的早期文獻，特別是對司馬遷《史記》中資料的高度可靠
性恢復了信心。在滿懷熱情和堅毅勇敢地從事任何這樣一種研究工作之前，恢
復這種對歷史古跡的信心是必須的。」〔註14〕

　　1928年安陽殷墟的發掘將古史的認識和討論引入了新的階段。殷墟有甲
骨文及其對《史記·殷本紀》所記商代先公先王的世系證實的重要內容，還
有精美的青銅器等，殷代由被視為無史或史前變為中國古史的最早階段。1929
年安陽殷墟的第六次發掘發現了一片彩陶，進一步引起了仰韶與小屯關係的
思考與討論。時任中央研究院歷史語言研究所考古組主任的李濟說：「有了這
一次發現，我們就大膽地開始比較仰韶文化與殷商文化，並討論它的相對年
代」。從此中國古史的研究，由「信古」——即指對中國上古的歷史「盡信古
書」；發展到「疑古」——即指對中國上古的歷史「全然推翻古代傳說」；現
在則進入到了「考古」的階段。

〔註13〕見李濟：《中國考古學的過去和將來》，《東方雜誌》第31卷第7號，1934。
　　　　收入張光直，李光謨編：《李濟考古學論文選集》，北京：文物出版社，1990
　　　　年6月。
〔註14〕見李濟：《安陽的發現對譜寫中國可靠歷史新的首章的重要性》1953年；收入
　　　　《李濟考古學論文選集》。

　　過去，疑古派曾經對古書提出過普遍懷疑，可以說是人們對古書的一次全面反思，直接影響到人們對中國古代文明的整個認識。現在，隨著考古發現的增多和古史研究的深入，人們對古代歷史及古書年代的看法正醞釀著一場變革。

第四節　信古，疑古，考古的形成

　　1996 年 4 月 3 日，在「夏商周斷代工程」可行性論證報告、京津專家座談會上，鄧楠指出「夏商周斷代工程」的三個目的，就是：進一步科學化，量化夏商周三代的年代學；通過「夏商周斷代工程」，提高社會科學研究的科研手段和水平；培養一支年青的科研隊伍。一個月後的 5 月 16 日上午，國務委員李鐵映、宋健在中南海主持會議，聽取國家重大科研項目——「夏商周斷代工程」領導小組組長鄧楠、專家組長李學勤等彙報「夏商周斷代工程」工作情況；宋健為會議准備了題為《超越疑古走出迷茫》的發言提綱，[註15]所謂「超越疑古」，主要依據為李學勤的一篇文章《走出「疑古時代」》[註16]，此後「走出疑古時代」一時間成為一種流行的話語廣泛見諸於各大報刊，也當做實施「斷代工程」的最直接理由。對此持相反意見的人亦不在少數，北京大學考古系孫華就認為「兩千多年的中國歷史中，儘管有一些學者對遠古歷史持懷疑態度，但那時的史學主流學派一直是信古學派。疑古學派在本世紀初崛起，盛行於本世紀 20～40 年代，1950 年以後，因各方面的原因，曾流行一時的疑古學派已經幾乎消聲匿跡。在幾乎已經聽不見疑古學派聲音好幾十年後的今天提出『走出疑古時代』的口號，有點無的放矢之嫌。」[註17]

　　現代考古學應該是在十九世紀的中葉以後產生於歐洲，它的主要任務是通過古代遺物和古代遺跡來對古代人類的歷史、文化以及社會進行研究。由於大部分的遺物和遺跡是被黃土深深埋沒於地下，而必須經過細心調查再「挖地三尺」才能發現進而來做研究，所以田野考古就成為它的一大特色。現代

[註15] 後全文刊載於 1996 年 5 月 21 日《光明日報》及《科技日報》上。

[註16] 原文最先見於《中國文化》第七期，1992 年 11 月；乃李氏於一次小型座談會上的講話，後收入氏著論文集《走出疑古時代》，遼寧大學出版社，1994、1997年。

[註17] 文見《商文化研究的若干問題——在紀念殷墟發掘 70 週年之際的反思》刊《三代文明研究》，北京：科學出版社，1999 年 10 月。

考古學產生的五十年後，也就是大約在十九世紀的末期到二十世紀的初期之交這段時間，它由西方傳入到中國，並且又同中國固有的金石學傳統相結合，漸漸成長發展爲在中國人文科學中一種「具有中國特色的」，嶄新而重要的學科。

在過去的一個世紀裏，中國的考古學日益壯大，其學術研究也取得許多重大的成就。它的成果不但大量的增加和擴展了中國傳統的文獻的歷史，發掘了豐富燦爛並且是多元的古代文明遺產，更是把中國的人類歷史上朔至百萬年前。今天的中國考古學在世界考古學中已經獨樹一幟，自成傳統。在新世紀來臨的時刻，回首往昔，想到它的發生，不能不聯繫到甲骨文的發現。

考古學在中國的發展已有很長久的歷史，但從東周以降，概屬古物、金石學的傳統，直至二十世紀初期以後，才有現代考古學從西方傳入中國。這門學問之所以能夠在中國出現，主要是導因於二十世紀開始前後，在中國學術界裏所醞釀出來的三項因素：

其一，中國的金石學從東周以降，經過宋代的發展高峰而正式成爲一門學問，到了有清一代，已經累積了豐富的內涵，從金石碑刻，擴及到印璽、封泥、畫像石、瓦當、錢幣和墨硯等各類遺物，最後由於十九世紀末到二十世紀初，西域木簡、敦煌文獻和殷墟甲骨的出土，而促使中國長久發展的金石學傳統終於轉向了地下出土的材料。

其二，自十九世紀末至二十世紀初，西方人紛紛來到中國搜集古代文物，其中如瑞典人安特生（J. Q .Anderson）、法國人秦志華（Pers Emile Licellt）和德日進（P .Teilhanrd de Chardin）等在華北一帶所進行的考古調查和發掘，把西方現代考古學的一些概念和方法帶來中國。與此同時，西方現代考古的基本概念，也隨著若干中國歷史學者，如章太炎、梁啓超等的新史學思想的著述，以及李濟在美國完成人類學博士學位返國講學和進行田野考古工作，而輸入國內。

其三是五四運動所引起疑古的學術精神，使當時的學術界普遍認識到：需要有新的史料來解決中國古史問題，考古工作的必要性受到了學術界前所未有重視。

現代考古學繼續在中國萌芽、成長，逐漸成發展成爲一門重要的學問，並形成了一個新的學術傳統。這個傳統的特色主要包含幾個方面：第一，在研究取向方面，她是一個與歷史學關係密切的考古學傳統。第二，在學術的

傳承上，她是以中央研究院歷史語言研究所為主要源頭的考古學傳統。第三，在研究方法上，她是以地層學和類型學作為主要方法的考古學傳統。檢視這三個傳統的特色，我們可以發現，甲骨文實與中國現代考古學傳統的建立有著密不可分的關係。〔註18〕

首先，在研究取向這一點上，1928 年設立的中央研究院在傅斯年倡導下成立歷史語言研究所，後由李濟直接領導的安陽殷墟發掘，可說是重要的導因之一。歷史語言研究所在成立之時，傅斯年於其所撰寫的《歷史語言研究所工作之旨趣》〔註19〕裏，不但清楚地說明了考古學的性質，而且也具體地指陳出史語所考古工作的目標。他認為中國歷史學的當務之急，便是要直接研究材料，開拓研究材料，擴張研究工具。而考古學作為歷史學的一種擴張研究的工具，就要著手尋求新材料。他這種急切地想要利用考古學來獲取新材料的心裏，反映在他為史語所所規劃的第一步工作，便是到安陽易州一帶考古：

> 我們最要注意的是求新材料，第一步想沿京漢路，安陽至易州，安
> 陽殷墟以前盜出之物並非徹底發掘，易卅邯鄲又是燕趙故都，這一
> 帶又是衛邶故城。這些地方我們既頗知其富有，又容易達到的，現
> 在已著手調查及佈置，河南軍事少靜止，便結隊前去。

同時，在該所之初，他又非常明智地聘請當時中國唯一受過西方人類學訓練的李濟博士擔任考古組主任，在研究所成立的同一個月（1928 年 10 月），即展開了考古工作。傅斯年首先派遣董作賓前往安陽小屯進行調查試掘，次年由李濟組成「國立中央研究院殷墟發掘團」，長駐殷墟進行發掘工作，又持續進行了十四次，規模之宏大、收穫之豐富，享譽國內外。

除了殷墟，歷史語言研究所在抗日戰爭以前又與山東省政府古跡研究會，發掘了山東城子崖和兩城鎮兩處遺址；與河南省政府合組河南古跡研究會，發掘河南濬縣辛村、汲縣山彪鎮、輝縣琉璃閣和永城造律臺等遺址。

這樣豐盛的考古成果，不僅是傅斯年對於考古學所抱持理念的具體實現；更有意義的是：他們塑造出了一個歷史學取向的中國考古學傳統，其中尤以李濟所領導的殷墟發掘，發揮了最大的作用。

〔註18〕參見衛聚賢：《中國考古學史》，臺灣商務印書館，1973 年；夏鼐：《五四運動和中國考古學的興起》，《考古》，1979 年第 3 期；《中國大百科全書・考古學》，北京：中國大百科全書出版社，1986 年。

〔註19〕刊《歷史語言研究所集刊》第一本第一分，1928 年；後收入《傅斯年全集》第四冊，臺北：聯經出版事業公司，1980 年。

　　李濟雖是在美國受過西方人類學的訓練，但是對於將考古學放在歷史學範圍內的這一理念，完全是和傅斯年先生站在同一陣線上的。這在他爲《田野考古報告》所寫的編輯大旨中說得很清楚：

> 田野考古工作，本只是史學之一科，在中國，可以說已經超過了嘗試的階段了。
>
> 這是一種眞正的學術，有它必需的哲學的基礎，歷史的根據，科學的訓練，實際的設備。田野考古者的責任是用自然科學的手段，搜集人類歷史的資料，整理出來，供史學家採用，這本是一件分不開的事情。但是有些所謂具有現代組織的國家，卻把這門學問強行分爲兩個學科，考古與歷史互不相關；文學仍是政客的工具，考古只能局部地發展。如此，與歷史學絕緣的考古學是不能方多大的進步的，這是一種不自然的分離，我們希望在中國可以免除。這幾年中國史學家之注意考古的發現是一個很好的象徵…歷史語言研究所之提倡考古，原本著這個基本信念。

而非常巧合的是，殷墟發掘的結果，正如李濟所期望的，將考古學和歷史學作了非常完美的結合。

　　殷虛所出土的大量資料，包含：

1、建築遺址；

2、墓葬；

3、甲骨卜辭及器物上刻劃書寫的文字；

4、遺物，又可再分爲下列的細目：

（1）石器及玉器；

（2）骨角器；

（3）陶器；

（4）青銅器及其它金屬品；

5、骨骸：

（1）動物骨骸；

（2）人類骨骸。

　　這些資料不論是文字，器物，還是建築或骨骸，不但解決了一些中國上古史中的舊問題，同時也引起了一連串的新問題。引用李濟的門生張光直的話：「對殷虛出土材料的任何研究，雖然用考古學的方法給予描述，卻必須在

傳統的歷史學古器物學的圈圈裏打轉。」這種結果，「一方面使考古學成爲一門人文科學和更新了的傳統的中國歷史學的一個分支；另一方面，也許有人會說，還使傳統的中國歷史學『獲得了新生』。」〔註20〕這可以說正是傅斯年在《工作之旨趣》中所殷切期盼的境界。

其次，在學術傳承方面，歷史語言研究所的這一個歷史取向的考古學傳統，除了具體展現於出土的資料和研究的成果之外，更由於人員和工作上的傳承，而得以繁衍擴散。在殷虛發掘中，主持人李濟和田野領隊梁思永所培養的一批考古家，如石璋如、劉耀（尹達）、胡厚宣、高去尋和夏鼐等，以及抗戰期間在大陸西南與中央博物院合作考古所培訓的曾昭燏、尹煥章和趙青芳等；甚而，出身北平研究院，但也曾受到李、梁二氏指導的蘇秉琦〔註21〕，後來在各自的崗位上，都實際上負起了延續此一傳統的任務。過去四五十年，海峽兩岸雖然在政治上分離和敵對，但是在考古研究方面，我們可以觀察到，在許多方面仍共同保持了史語所的考古傳統。

1935 年中央研究院殷虛發掘團在安陽駐地

左起：王湘、胡厚宣、李光宇、祁延霈、劉耀、梁思永、李濟、尹煥章、夏鼐、石璋如

〔註20〕見張光直：《考古學與中國歷史學》，《考古與文物》1995 年第 3 期。

〔註21〕1939 年，北平研究院寄寓昆明期間，蘇秉琦曾受李濟和梁思永等的指導，研究鬥雞臺所得之瓦鬲。參見徐炳昶：《陝西省寶雞縣鬥雞臺發掘所得瓦鬲的研究序》收入《蘇秉琦考古學論述選集》，北京：文物出版社，1984 年。

　　所以，我們不厭其煩地再重複一遍：是甲骨文的發現導致了對河南安陽殷墟的發掘，中國的考古學從而由產生到壯大；對中國古史的研究——當然也包括我們要討論的中國古代的神話研究，經由盲目信古，到全面疑古，現在到了考古的階段。

第三章　夢裏不知身是客，西窗疑是故人來——甲骨發現的深遠意義

第一節　甲骨文字的發現辨認

　　十九世紀末二十世紀初的中國學術界，經歷著一場重大的變革。滿清王朝的腐敗，使西方殖民文化的侵入和科學、革命思想的傳播，都從不同的角度刺激和影響到中國的學術界，也為中國學術界的巨變準備了條件。這一時期，中國學術界發生了幾件驚天動地的大事：殷墟甲骨、敦煌經卷、流沙墜簡、明清檔案等重大發現，猶如石破天驚，闢出一片新天地。其中安陽殷墟甲骨文的發現，則是最早打開中國近代學術史的序幕。

　　關於甲骨文的發現，以金石學家王懿榮生病購藥而發現甲骨的故事流傳最廣，以至於寫進了中學歷史課本，雖然現在我們已經考證不出何處它的濫觴。王懿榮，字正儒，一字廉生，山東福山人。清光緒己亥年（1899年）間，王氏時在京城任國子監祭酒，一次他身患瘧疾，便差人從城南宣武門外菜市口的達仁堂中藥鋪買回中藥，這位王大人在審視藥材時，偶然發現入藥的一味「龍骨」之上，有古樸的契刻文字，他便立刻被吸引住。王懿榮原就是一位造詣頗深的金石學家，經過他仔細研究，認定在「龍骨」這味藥上的契刻文字就是三千年前商代的「甲骨文」。隨後王氏便派人以重金收購，直到一年之後的「義和團運動」爆發，八國聯軍入侵北京，作為京城團練大臣的王懿榮投井殉國，此時他收藏的甲骨已有一千五百餘片。

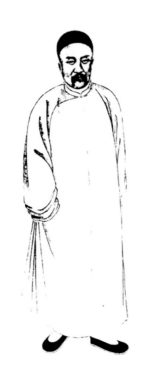

《清代學者像贊》繪王懿

王懿榮服藥發現甲骨的故事其眞實的程度，現在已經無人能夠確定。但是世人皆知是王懿榮最早認識甲骨文，也是第一個有意收購甲骨的學者。他在甲骨學史上的貢獻是不可磨滅，因而被尊稱爲「甲骨之父」，日後因甲骨文的發現而發掘殷墟的中國現代考古學的奠基人李濟先生，也把王懿榮比作「中國古文字這個新學科的查理·達爾文」。〔註1〕另外，與王懿榮大約同時發現並收購甲骨的，還有天津人王襄和孟定生，他們在甲骨學史上也佔有一定的地位。不過由於近年對王襄一篇文章的曲解，把王懿榮首先認識和搜集甲骨文的學說想予以推翻，另以王、孟是最早認識甲骨之人，卻是大錯特錯了。最早爲孟、王二人鳴不平而提出他們是與王懿榮同時發現甲骨的胡厚宣有《再論甲骨文發現問題》

〔註2〕一文，應爲這一問題定了案，此種謬傳可以休矣。然而，就在胡文刊出十年之後，又有人撰文稱此問題作「近代學術史的一大公案」，〔註3〕與早先對胡文提出反駁而力挺甲骨文是天津人發現的津門人士不同，作者認定「對甲骨文發現的時間和誰是最早考訂甲骨文的人」「的確是甲骨學史上的一個重要問題」，進一步對胡文所言提出「怎麼到了後來因爲天津學者有要將甲骨文發現時間提前的意向，就對自己曾經信服並反復引證的材料產生了懷疑呢？這樣做不是自相矛盾嗎？」看來這位作者並沒有讀懂胡文，卻以爲找到賣點。胡文直面的是「矯枉過正」者，在列舉各種證據後得出的結論是：殷墟甲骨文是在 1899 年，也就是清朝光緒二十五年己亥，由山東福山人，名叫

〔註1〕 見李濟：《安陽》，收入劉夢溪主編：《中國現代學術經典·李濟卷》，李光謨編校，河北教育出版社，1996 年。

〔註2〕 刊《中國文化》15、16 期，1997 年。

〔註3〕 朱彥民：《近代學術史的一大公案——關於甲骨文發現研究諸說的概況與評議》，《邯鄲學院學報》，2008 年 2 期。

王懿榮的，首先認識並加以搜購的。與王懿榮同時辨別搜集甲骨的，還有天津的孟定生和王襄。〔註4〕

1899年甲骨文的發現，既是有深厚的歷史背景又有著長期的學術準備。明清以來，考據學大興，取得相當成就，許多優秀學人的學養達到瞭解認識甲骨的水準，如王懿榮、孫詒讓等都具有深厚的經學功底和良好的金石學知識。由於他們的努力和潛心研究，又使得自乾嘉以來的考據學和金石學上升到了一個新的高度。

早在清朝末年，河南安陽小屯村附近的農民在耕田犁地時，經常挖出一些古老的龜甲和獸骨，當地人稱「龍骨」，長期以來「龍骨」賣給中藥鋪，作為治療創傷的藥材，當地人稱「刀尖藥」。隨著收藏甲骨的開始，「龍骨」價格爆長，又很大程度上刺激當地村民亂掘甲骨，且日漸增多。從1899到1928年這三十年間，甲骨被私掘出土經歷年調查已確定的就有九起，數量多達十萬片左右。村民之間為搶奪甲骨還發生了械鬥，不僅如此，甲骨發現也驚動了西方傳教士，他們也要染指，打起甲骨文的主意，從1903年起，他們也通過各種手段來收購中國的甲骨文字，隨後這些甲骨陸續轉賣給日、美、英、德、加等國，如日本京都大學、東京大學，美國普林斯頓大學、卡內基博物院、飛爾德博物館，英國蘇格蘭皇家博物院、大英博物館，德國和瑞士的博物館，加拿大皇家安大略博物館等機構，多藏有來自中國的甲骨文。估計早期洋人收購的甲骨，至少有五千片以上。

面對古物的大量流失，中國學者站出來大聲疾呼。其中最力者是日後創辦中央研究院歷史語言研究所的傅斯年。傅氏在其經典之作《歷史語言研究所工作之旨趣》〔註5〕中講到中國歷史的材料狀況「任其擱置」，「由他毀壞」，剩下的「流傳海外」，歎曰「這樣焉能進步？」於是「最要注意的是求新材料，」而「第一步想沿京漢路，安陽至易州，安陽殷墟以前盜出之物並非徹底發掘，⋯⋯這些地方我們既頗知其富有，又容易達到的，現在已著手調查及佈置，」他向中央研究院蔡元培院長提議要設置歷史語言研究所，史語所成立後第一項工作即是派董作賓去安陽調查甲骨文──因為此前甲骨文出於安陽已為羅振玉證實，在此之前古董商為以甲骨牟取暴利，對甲骨的出土地秘而不宣。而史語所的這一調查導致了歷時十年、工作十五次的殷墟發

〔註4〕 胡厚宣：《再論甲骨文發現問題》，《中國文化》15、16期，1997年。
〔註5〕 刊《歷史語言研究所集刊》第一本第一分，1928年。

掘。從這個意義上講，可以說，是殷墟甲骨文的發現直接影響到對安陽的殷墟發掘。

考古學在中國的建立和發展，是二十世紀中國學術界最為重要的成就之一，對歷史研究產生了廣泛而深遠的影響。他的誕生，有賴於兩個條件：一是傳統金石學的發達；二是西方考古學理論和方法的傳入。再加上一大批中國學者共同努力，才使得考古學這門新興學科得以在中國建立並迅速發展壯大。

傅斯年倡導的「近代的歷史學就是史料學」，即是建立在考古學迅速發展的基礎之上的。

白居易在《長恨歌》中的「上窮碧落下黃泉，兩處茫茫皆不見。」被歷史學家傅斯年改成其平生最為著名的一句口號，就是「上窮碧落下黃泉，動手動腳找東西。」找什麼？就是找史料。傅斯年《本所發掘安陽殷墟之經過》〔註6〕中稱：「安陽之殷墟，於三十年前出現所謂龜甲之字者。此種材料至海寧王國維先生手中，成極重大之發明。但古學知識，又不僅在於文字。無文字之器物，亦是研究要件。地下情形之知識，乃為近代考古學術最要求者。若僅為取得文字而從事發掘，所得者一，所損者千。」就在史語所創立之初，傅斯年即派董作賓前往安陽，調查甲骨出土的情況，「在三十六個地方試掘十三天後，只發現一小部分甲骨，董氏認為在史語所財務困難重重之際，這個計劃（指殷墟發掘──振宇案）可以放棄。」但「傅斯年堅持有字的甲骨並不重要，重要的是地下整體的情形」，於是「董作賓尋即以殷墟工作超乎其能能力為由謙辭領導人之職，李濟被派去負責殷墟的工作。」〔註7〕傅斯年所提倡的方法，對於當時中國的考古學界是一個相當大的突破，史語所考古工作的方法及意趣顯然已超出二重證據的方法。〔註8〕

安陽殷墟發掘吸引了一批從國外留學歸來的專業考古人才，有美國哈佛大學畢業的李濟之和國學大師梁啓超的次子、也在哈佛大學且專攻考古學的梁思永，而大量的考古工作實踐也培養了一群中國自己的考古學家，他們具

〔註6〕 刊《國立中央研究院十七年度報告》，收入《傅斯年全集》第四冊，1980年。

〔註7〕 見王泛森：《什麼可以成為歷史論據──近代中國新舊史料觀點的衝突》，《新史學》8.2，1997年。

〔註8〕 見胡振宇：《考據與史料》，刊《新學術之路》，臺北：中研院史語所，1998年。

有豐富的知識和經驗，爲中國考古學的發展奠定了人才基礎。當年一同參加發掘的年輕的考古工作者，有李景聃、石璋如、劉耀（尹達）、祁延霈、尹煥章、胡厚宣、王湘、高去尋、夏鼐、趙青芳等人，日後成了臺海兩岸考古界、史學界的主要領導骨幹。安陽殷墟發掘工作在因「七七事變」日寇全面侵華戰爭爆發而被迫中斷前，前後一共進行了十五次，它不僅是中國學術界的一次壯舉，在世界考古學歷史上也是爲數不多的重要考古發掘之一。國際學術界對其成就給予高度評價，認爲它是可以與十九世紀希臘特洛伊古城的發掘和二十世紀初克里特島諸薩斯青銅文化遺址的發現相媲美的重大事件。

　　安陽殷墟的發掘在考古學上的重要意義，按照發掘工作的負責人之一李濟的說法，「有三點特別值得申述：第一，科學的發掘證明了甲骨文字的眞實性。這一點的重要常爲一般對甲骨文字有興趣的人所不注意，但實富有邏輯的意義。因爲在殷墟發掘以前，甲骨文字的眞實性是假定的。就是沒有章太炎的質疑，科學的歷史學家也不能把它當成頭等的材料看待。有了史語所的發掘，這批材料的眞實性才能明瞭。由此甲骨文的史料價值程度也大加提高。此後，就是最善疑的史學家也不敢抹煞這批材料。章炳麟晚年偷讀甲骨文，是他自己的門人傳出來的；第二，甲骨文雖是眞實的文字，但傳世的甲骨文卻是眞假難分。在殷墟發掘以前，最有經驗的藏家也是常常受騙的。有了發掘的資料，才得到辨別眞假的標準；第三，與甲骨文同時，無文字的器物出土後，不但充實了史學家對於殷商文化知識的內容，同時也爲史學及古器物學建立了一個堅強的據點，由此可以把那些豐富的但是散漫的史前遺存推進一個有時間先後的秩序行列。」〔註9〕

第二節　甲骨大龜的五次出土

　　既然是殷墟甲骨文的發現直接影響到對安陽的殷墟發掘。那麼，反過來殷墟發掘的成果呢？1970 年 3 月，葉公超在給當年領導安陽殷墟發掘的李濟所著的《中國文明的開始》〔註10〕作序時是這樣評價的：在 1930 年前後，「那

〔註 9〕　見李濟：《傅孟眞先生領導的歷史語言研究所──幾個基本觀點及幾種重要工作的回顧》，收入《感舊錄》，臺北：傳記文學出版社，1983 年。
〔註10〕　萬家保中譯本，臺灣商務印書館，1970 年。

一段中國科學由播種而開始結果的日子裏，他〔註11〕和一群具有國際聲譽的科學家，如丁文江、傅斯年、安特生（J.G.Andersson），德日進（P.Teihard de Chardin），步達生（Davidson Black）等共同提倡科學的研究工作。由這一群科學家的努力，得到兩件值得中國學術界驕傲的成就，其一為北京人的發現，另一就是安陽殷墟的發掘工作。」「羅吉斯教授（Professor Millard Rogers）說，安陽殷墟遺址的發現，其重要性可與 Heinrich Schliemann 的 Troy 城的發現，互相爭輝，互相媲美，現在看來，實非過譽之辭。安陽發掘的成就使中國信而可徵的歷史拓展了一千多年，並且把歷史期間的史料和先史時代的地下材料作了強有力的鏈環。在科學發掘的指引下，使前此一向對中國古代文化抱懷疑態度的西方學者，啞然無語。殷墟出土了很多華麗絕倫的青銅器，雕鑿精美的玉器、石器、骨器以及造型優雅的陶器，這些文化遺產都充份地顯示了中華民族的智慧和才能。此外，更重要的是大批有字甲骨的發現，這一發現使得中國文字的起源，至少可以上溯到三千多年以前的殷商時代，有了確實可靠的證據。像這樣的數千年來一脈相傳的文字體系，在世界上，恐怕只能在中國文字中才能找到。」

甲骨文發現迄今已有超過一百年的歷史了，在這百餘年期間，出土的 15 萬片甲骨當中，科學發掘出的並不占多數，完整的大龜版更為罕見。就在首次對殷墟發掘前的一次調查中間，隨同董作賓前來安陽的董的表弟王湘，面對挖掘的一無所獲，臉上流露出極端失望的表情，一向愛開玩笑的董作賓此時卻安慰他說：有收穫，你知道此地沒有甲骨，這就是收穫。初始時的考古發掘，如同大海撈針，眼前茫茫大地，何處開始下手，不得而知。但是，功夫不負有心人，還是那一位王湘，卻在日復一日的工作中不斷有大的驚喜發現。

以發掘和研究河南安陽殷墟遺址著稱、年過百歲高齡還在進行研究工作的考古學家石璋如曾記錄下殷墟大龜版於三地五次的出土情況。在石氏所敘述的五次中，就有一次是王湘親手發現的：

〔註11〕指李濟——振宇案。

胡振宇 1998 在臺北史語所訪石璋如先生於辦公室

第一次，大龜四版

　　這一次的發現，時間是在 1929 年 12 月 12 日，地點是安陽小屯村北地，坑位是大連坑南段長方井，深度是距地面下 3.8 米，數量是大龜四版，發現者是王湘。這是殷墟第三次發掘最後的一日，灰土完了出現黃沙，快到底了，只東南角還有部分灰土，由王一個人到工作地清理並結束，誰知灰土是一長方窖，就在窖口下，發現了四版大龜，還有若干字甲。收工後，王帶著大龜四版回到工作站向主持人李濟報告，李先生非常高興，便在發掘記錄中附了一張紙條，上面寫著「……此真夢想不到之事也。知事之不徹底作，永不放心矣。」

　　這是發掘安陽以來空前的大發現。這次出土的大龜四版，非常重要，對於甲骨學及殷代文化有劃時代貢獻。後經董作賓研究，寫出《大龜四版考釋》，〔註12〕從這大龜四版上考釋出了卜法、事類、文例、時代和種屬，這些都是從前人所不知的。當然這大龜四版，也不是個個完整無缺，而是版版有缺，不過在當時有這樣的大龜版，也的確是難能可貴了。這是最可紀念的，首次出土的大龜版。

第二次，大龜七版

　　這一次的發現者便是石璋如本人了，所以他也記錄的特別生動有趣，那

〔註12〕發表在《安陽發掘報告》第三期，中央研究院歷史語言研究所專刊一，1931
　　　　年；後收入《董作賓先生全集》，臺北：藝文印書館，1977 年。

是在 1934 年 4 月 11 日，地點是侯家莊南地，大灰坑的東北隅，深度是距地面下 1.51 米，數量是大龜七版。這是殷墟第九次發掘，本次發掘於同年 3 月 9 日在小屯村開始，3 月 29 日接到報告說：洹北侯家莊南地發現甲骨。經派人調查確實後，便於 4 月 2 日前往發掘。那是 4 月 11 日的下午 5 時，已經該收工的時候了，就在大灰坑的東北隅，深度是距地面下 1.5 米的黃硬土中，發現了密集向上的大龜版，正面向下都是腹甲，六個牢牢的固結在一起。在它們的北上方又有幾塊背甲，壓住了腹甲堆的一部分，這時天已進黑了，又陰的很重，連黃土也特別硬，大龜板又黏得特別的牢，沒辦法一一剔除。於是擴大面積連龜帶土一塊兒挖起，用厚厚的棉花裹起，放在一大筐子裏，由技工抱著筐子坐在馬車上，運回安陽城內的考古工作站。晚飯後，大家急欲把它揭開，看看其中是不是有文字，有人主張把它泡在水盆中，土軟而去，甲自分離。有人主張上籠屜上蒸，蒸軟了甲土自分。結果先翻過來一看，還真有字，大家非常高興。燒開水備毛巾削竹籤，終於把硬土敷軟了，熱氣進入夾縫中，用竹籤於夾縫中活動，剔出土屑，一片一片的大龜版便分開了，而且每片都是布滿文字，除了一片腹甲、一版背甲稍缺外，其它 5 版都是完整的，比起大連坑發現的四版完整的多，等全部工作完畢，早過了十二點。雖然這一天超過了十九小時不眠不休，但是只有興奮，沒有疲憊。

石璋如（後左）與胡厚宣（後右）等在安陽發掘殷墟時攝

整個事情是那樣的出乎意料，分外興奮的又莫過於董作賓。因爲這批材料又是空前的大發現，其重要性不但是比大龜四版完整，數量還多，最大的特點是出在小屯村之外，洹北的侯家莊南地，而從此以後侯家莊與小屯村當有同等的重要。他把這批大龜版整理研究之後，發現這七版大龜共有一百三十七條卜辭，究竟侯家莊是殷代的什麼地方，更值得日後加以研究。董作賓把研究的結果名爲《安陽侯家莊出土的甲骨文字》，〔註13〕這是繼大龜四版之後又一次的發現。

第三次，大龜三百餘版，六百餘面

這一次的發現，時間是在 1936 年 6 月 12 日，地點時小屯北地，坑位是 127 坑，深度爲距地面 0.5～2.8 米厚層，發現者又是王湘。

這是殷墟第十三次的發掘，本次發掘已於 1936 年 3 月 18 日在小屯開始，預定於 6 月 12 日結束。但是就在這日的下午 4 時，在殷墟 127 坑中發現了許多龜版，到五點半收工的時候，查了一下數量，在一個半小時之內，半立方米的土中，就出了三千七百六十塊龜版，在小屯村來說這是一次驚人的發現，大夥決定於次日用一整天把它肅清，然後再宣佈停工。誰知道第二天出土的比第一天還要多。由於坑的直徑只有 1.8 米，其中同時只能容納兩個人工作，剛開始還不覺得吃力，隨著甲骨的露出面積越大，挖掘者站立的地方也越來越小，說來也巧，挖掘者之一恰恰又是石璋如。隨著時間的推移，整版的大龜，一版接著一版地出土，滿版的大字、小字、朱書、墨書，相互疊壓，牢牢黏在一起，稍微一動便破碎了，由於坑地面積狹小，只好留一個人工作，因爲沒有活動的餘地，所以時隔不久，便覺腰酸背疼，然而內心是非常愉快的。幹到最後只剩下雙腳站的地方，沒有後路，也無法上來，只好由上邊的人把他拉將上來。已經是下午四時，大夥兒照相完畢，天色已漸黑暗，該是掌燈的時分了。今日出土的甲骨都是整版，但是一下鏟子就變成了十數片或者數十片碎片，實在是可惜，然而又不能不挖，只好一版一包，注明片數，回到家裏慢慢拼對，結果裝了四大籮筐運回家去，宣佈明天停工，專攻此坑。

那時已經是六月中旬，正值酷暑，新出土的脆弱的龜版，那能經得起炎

〔註13〕發表在 1936 年 8 月出版的《田野考古報告》第一冊，國立中央研究院歷史語言研究所專刊之十三。

日的灼炙，尤其是完整的大龜版，變成破碎的小片，這種做法實在是不妥當。於是立即宣佈改變發掘方法，一方面連夜工作，把灰土坑變成灰土柱，一方面讓木工趕製大木箱，竭盡四晝夜之力，把灰土柱裝在一個高 1.1 米，寬 1.8 米的大木箱中，並妥爲裝釘，又費了兩天的功夫，才由坑下運到地上。大木箱最初由喪儀社來人策劃用六十四人擡，結果槓折人散，原地未動。最後開箱取土，減輕重量，鋸低箱幫，再次裝釘。用自己的工人組成 48 擡 70 人力，在 23、24 兩天的時間運至安陽火車站。7 月 3 日上火車，車到徐州，經過修理，才轉上津浦鐵路，然後輪渡再上卡車，12 日才到南京中研院史語所，算來歷時二十天。然後在史語所圖書館樓下大廳，由董作賓、胡厚宣兩位帶領技工做室內發掘，剔剝、清洗、繪圖、拼合、編號，一層照一張出土的現象，一版裝一個紙盒。這樣直至 10 月 15 日起完甲骨，凡經三個月有餘，共得甲骨 17,096 片。其中整龜或接近整龜者 320 版，半龜或接近半龜者 544 版。到目前爲止，還是發現甲骨出土最多的一次。後來抗戰開始，但工作並沒有停止，隨著搬遷繼續在昆明由胡厚宣、高去尋兩人編號，最後這些甲骨在南京出版《殷虛文字乙編》上中輯、在臺北出版下輯，收選拓甲骨 9,105 片；《乙編》編餘甲骨及斷片拼合有《殷虛文字丙編》，收選甲骨 512 版，其中整龜或接近整龜者 294 版；石璋如也編著有《甲骨坑層》1992 年出版。此坑甲骨的研究，胡厚宣在 1936 年曾寫《殷墟第十三次發掘所得龜甲文字》（未發表），後又著《殷墟一二七坑甲骨文的發現和特點》。〔註14〕

　　爲了紀念這一甲骨文歷史上發掘最多的一次盛事，特地找河北曲陽的石匠將整坑甲骨取其四分之一製成石雕模型，由國立中央博物院收藏。此一大石雕現在收藏於北京的中國國家博物館內。河南安陽「殷墟博物苑」在甲骨文發現九十週年的時候，又特地請人複製了這一模型，放在「博物苑」內訪殷大殿「殷墟甲骨文展廳」中展出。

〔註14〕刊於 1989 年《中國歷史博物館館刊》第 13、14 期。

127 坑甲骨石雕模型

石雕模型背面刻字拓本

第四次，大龜三十八版

　　這一次的發現是在 1937 年 3 月 20 日，地點是小屯北地，坑位是 251 方窖，深度是窖口下 1.7～2.5 米，數量大龜三十八版，另有許多小片。但是自從第十三次發掘發現三百多版大龜之後，再出土一兩塊大龜版已經引不起人們的注意了，尤其是第十四次發掘，只出土了兩小片字甲，於是甲骨的訊息更爲沉悶。雖然第十五次發掘發現了三十八版，也不算少，但是它來的時候不對，如果它來在 127 坑之前，人們一定會大爲興奮，可惜它來在 127 坑之後，小小的三十八版，已提不起大家的興趣了。雖然如此，仍然是值得一提的發現。

第五次，大龜近三百版

　　這一次的發現距上一次發現過去了半個世紀。1991 年 10 月 20 日，在安陽花園莊東地，坑位是長方窖，深度是 1.8 米，數量近三百版。這一次的發掘經過，和五十五年前的 127 坑有非常相似之處，出土甲骨由於骨質疏鬆，易於破碎，一經碰觸，整版的大龜不是碎成數十片，便是破成一百片，費了一天半的功夫，才取出了 54 片，天公又不作美，時刮大風，迎面修路的白灰與沙子，對著工地吹，並且工期緊迫，一催再催，於是改變計劃，仿照 127 坑的辦法，把灰土坑變成灰土柱，裝入大木箱中運回工作站做室內發掘。所不同的是，今日的機械化取代了往日的肩拉人扛，起重機弔起大木箱，裝上卡車，僅十分鐘就到了工作站。到了 1992 年的 6 月，清理工作完畢，有字大龜近 300 版。是繼 1936 年 127 坑甲骨出土以來的又一次重大發現，完整的發掘報告已經公佈，作為「中國社會科學院考古研究所考古學專刊乙種第三十六號」的《殷墟花園莊東地甲骨》由雲南人民出版社 2003 年 12 月出版。

1991 年甲骨大龜出土全景

　　總之，把百餘年來經過科學發掘出土的殷墟甲骨文字做一個統計：從 1928

年至 1937 年，殷墟的科學發掘工作，在十年之間一共進行了十五次，1928 年
10 月至 1934 年 5 月，第一至第九次發掘共出土甲骨 6,513 片，1936 年 3 月至
1937 年 6 月，第十三至第十五次發掘共出土甲骨 18,405 片。1950 年，中斷十
三年之久的殷墟發掘重新進行，本年發現甲骨 1 片，1958 年發現 1 片，1959
年在殷墟大司空村發現 2 片，同年在鐵路苗圃又發現 1 片；1961 年發現 1 片，
1962 年至 1964 年發現 2 片，1971 年在後岡發現 1 片，同年在小屯西地發現
21 片，有卜辭的 10 片；1972 年發現 4 片，1973 年在小屯南地發現 5,041 片，
綴合 530 片，實得 4,511 片；1974 年發現 1 片，1985 年在鐵路苗圃發現 1 片，
同年又在小屯西北地發現 2 片；1986 年發現 8 片，1991 年 10 月，也就是上
文提及的第五次出土大龜，共發現甲骨 1,583 片，其中龜甲 1,558 片，有卜辭
的 574 片，卜骨 25 片，有卜辭的 5 片，為繼 1936 年的 127 坑甲骨之後，又
一重要的發現。此外河南省文化局文物工作隊於 1955 年及 1957 年分別發現
甲骨各一片。

　　而今日在中國內地收藏的甲骨，甲骨學家胡厚宣二十餘年前統計：二十
四個省市自治區，三十九個城市的九十三家單位共收藏家甲骨 96,225 片，個
人收藏的統計，十四個城市四十七家共收藏甲骨 1,731 片；公家、個人一共收
藏甲骨 97,956 片。國內及港臺收藏甲骨 127,904 片，加上國外十二個國家收
藏甲骨 26,700 片，國內外總共收藏甲骨 154,604 片。舉成數而言就可以說，
殷墟出土的甲骨文材料，總共約有 15 萬片左右。就以上所列，15 萬片，其數
量之豐富，已經大有可觀。這對於中國古代史特別是商代史，中國古文字學，
特別是甲骨學的研究，確實具有極為重大的意義。

　　統計人最後聲明：這一統計雖然比幾十年前的統計較為接近確切，但要
說絕對正確，那還是不可能的。因為甲骨的數字，隨時都在變化，今天發掘
出一坑，數字馬上增加，明天拼合一些，數字馬上又要減少。私人收藏，由
於饋贈、捐獻、出讓、轉手，不斷易主，更是難以究詢。特別是在「文化大
革命」期間，對於文物的查抄，以及粉碎「四人幫」後對於文物的退還，其
間變化更多。〔註 15〕雖然這部分統計引出不少人質疑甚至「糾正」，但這份寶
貴的統計工作，是統計人本人在編輯《甲骨文合集》以及為《合集》編輯之

〔註 15〕見胡厚宣：《八十五年來甲骨文材料之再統計》，刊《史學月刊》，1984 年第五
　　　　期；又《大陸現藏之甲骨文字》，《中央研究院歷史語言研究所集刊》，第六十
　　　　七本，第四分，1996 年。

前的準備時期，往來各地，反復奔走，親手摩挲而得出的數字〔註16〕。此種精神，不是坐在書齋裏信手拈來；這一成就，亦可謂前無古人，相信也後無來者了！

第三節　甲骨文字的「子丑寅卯」

既然是談甲骨文，那麼先對其基本面貌做一番描述。

首先講它的命名：

甲者龜甲，骨者牛骨，殷商的王室經常利用這兩種材料來占卜吉凶，占卜之後又在其上面寫刻卜辭，及其它簡單的記事文字，這就是所謂的甲骨文也。

甲骨文，過去學人對它的名稱非常不統一，有稱作爲「龜」、「甲文」、「龜甲」、「龜甲文」、「龜甲文字」、「龜版文」；但甲骨文字，絕不僅刻於龜上才有。還有稱「殷契」、「龜刻文」、「甲骨刻文」、「甲骨刻辭」；然而甲骨文又絕不僅僅是契刻之文字。又有稱「貞卜文」、「貞卜文字」、「卜辭」、「甲骨卜辭」、「殷卜辭」、「殷虛卜辭」；實際上甲骨文除卜辭外，也有一些記事文字。再有稱「殷虛書契」、「殷虛文字」「殷虛遺文」；但殷虛所發現的文字，除甲骨文外，還有人頭刻辭、牛頭刻辭、鹿頭刻辭和銅器文字、骨器文字、角器文字及玉器文字、石器文字、陶器文字等等，一種「甲骨文」，又不能獨占「殷虛文字」之名。此外商有稱爲「商簡」、那更是龜骨不辨，離題太遠。總之一切都不如叫「甲骨文」或「甲骨文字」最爲適當也最爲嚴謹。

其次講它的出土：

甲骨文被辨認出之始，山東濰縣古董商范維卿，謊稱出自河南湯陰，一時間，包括劉鐵雲、羅振玉、日本林泰輔、富岡謙藏、美國方法斂等人都曾受其欺騙。後來羅振玉由文物販來自中州，再親往調查，終於知道甲骨出土之地，實際上是河南安陽西北五里的小屯村中，日後中央研究院發掘殷墟，除小屯外，也在後岡、侯家莊等地，也曾發現甲骨文。我們今天單說的就是指殷墟的甲骨文，至於殷墟之外，還有周原甲骨，則不在現在討論之列。

〔註16〕作者尚編輯有：《甲骨續存補編》數十冊待出版。

羅振玉像

再講它的時代：

關於甲骨文的時代，最初羅振玉定「夏殷之龜」，劉鐵雲定「殷人之物」。到羅振玉作《殷商貞卜文字考》時，認爲其物當屬殷商時期。再作《殷虛書契考釋》，定甲骨文所包涵時代，爲商代武乙文丁帝乙三王，以殷虛建都。到了王國維作《古史新證》稱「盤庚以後，帝乙以前，皆宅殷虛」。於是甲骨文所包涵之時代，才由武乙上朔至盤庚時期。但它的下限，郭沫若以爲迄於帝乙而止，連參加殷墟發掘的董作賓，前曾採羅振玉之意，後又從王國維之說，直到後作《甲骨文斷代研究例》時，則以甲骨文所包涵之時代，才由盤庚到帝辛。我們今天說，甲骨文是商代由盤庚遷殷至紂之滅，這二百七十三年間的產物。

關於它的類別：

商代占卜用的甲骨，龜的種類有三種：腹甲，背甲，改造背甲。腹甲用完整的一塊，背甲由中間一分爲二使用。中央研究院發掘殷墟所得有牛肋骨一版，殷商時代的牛，大半是水牛，其餘還有象骨，鹿骨，虎骨，甚至人頭骨。

虎骨刻辭

人頭骨刻辭

說說它的尺寸：

　　到今日發現，甲骨文裏完整龜腹甲中最大的，長 45 釐米，寬 35 釐米；最小的長 14 釐米，寬 7 釐米；而以長 28 釐米，寬 20 釐米的最為普通。牛剖龜背甲中最大的，長 35 釐米，寬 15 釐米；最小的長 27 釐米，寬 11 釐米；普通最常見的以小片居多。改造成長圓形的背甲，最大的長 16 釐米，寬 6 釐米，最小者長 12 釐米，寬 5 釐米；普通最常見的多在兩者之間。牛胛骨中最大的，長 43 釐米，寬 28 釐米；最小者長 36 釐米，寬 21 釐米，或長 37 釐米，寬 17 釐米；普通以小片最為常見。

花園莊東地出大龜版

說說它的數量：

殷商時代占卜所用的龜甲和牛骨究竟有多少，是一個非常有興趣的問題。商代北方多牛，牛用來祭祖，其肩胛骨則用來占卜。龜則是南方所產而向商朝敬貢者。據胡厚宣六十餘年前的統計：已出土的十萬片甲骨文，其甲與骨之百分比約為七三與二七，即甲約 73,000 片，骨約 27,000 片。其無字之卜用甲骨，約無此數相等。是卜甲約為 146,000 片；卜骨約為 54,000 片，以平均每五片合一全版之甲骨計，則甲約 29,200 版，骨約 10,800 版。即龜約 9,730，牛約 5,040。與前所言殺牛貢龜之數相去不遠。故殷代卜用之龜，約在萬數卜用之牛，約有五六千頭。或至少當在此數以上也。

再來說說它的卜法：

甲骨占卜的方法，先要搜集材料。牛骨為本地所出，龜甲則南方所貢。先取龜將背甲與腹鋸開，背甲從中一剖為二，腹甲則鋸小其兩橋，用刀削去其表面之膠質，裏面也挫平。牛胛骨先鋸去它的骨臼端一邊之凸骨，再將背面挫平。作成之後，要經過一種祭典後才用。龜甲往往在腹甲正面之尾端背面的骨橋，背甲背面近剖緣的一邊，記上貢龜的人。腹甲在背面的骨橋背甲於背面近剖緣的一邊，記上祭龜的官。探骨與祭骨者，則在骨臼和較寬的骨面記上。占卜時，先在甲骨背面鑿一長槽，再在一邊鑿一圓槽，以焦火灼，它的正面就剝為卜兆，可以由此見其吉凶。一塊龜骨，少則二三兆，多有至百餘兆，甲骨間有只鑿不鑽，或只鑽不鑿的，又骨版間也有在正面鑿鑽灼者，但都似為例外。其卜兆之排列，整齊而有規則。龜腹甲多左右對貞，牛胛者也有左右對貞。早期的龜卜，多自上而下。晚期的龜卜，多自下而上。骨卜則自上而下自下而上的都有。占卜之後，先於兆的上端記其次序，一件事有占卜至二十餘次的。再在旁邊記兆辭，其次再記是否吉利，其凶者就不記了。再其次記用，用就是施行。就是按照所佔卜的施行。最後要寫刻卜辭，並記其徵驗，甲骨刻畫之中，有的塗墨，也有塗朱，這就是我們今日見到的甲骨文了。

接下來要說說卜辭：

甲骨文字，多是占卜的卜辭，但甲骨經過三千年的埋藏，出土時，已經不會是完整的一片了。一條完全的卜辭，除前一項所舉的序辭，兆辭，吉辭，用辭之外，可分四部分，就是敘辭，命辭，占辭，驗辭。如《甲骨文合集》第 6057 片，是武丁時的卜辭，「癸巳卜，㱿，貞旬亡禍。王占曰，有祟，其

有來艱迄至五日丁酉，久有來艱自西，沚馘告曰，土方征於我東鄙，戈二邑，
舌方亦侵我西鄙田」。其中「癸巳卜」，是記貞卜的日期，「殼」是貞卜的史官，
這是敘辭。「貞旬亡禍」，是問下一個旬日（十天）之內，有無災禍，是命龜
之辭。「王占曰，有祟，其有來艱」，是占卜之後，商王看卜兆而判斷吉凶，
結果以爲不好（有祟），當有大難臨頭，這是占辭。「迄至五日丁酉」以下，
是記靈驗，所謂自癸巳這一天占卜後的第五天丁酉，果然有國難來自西方，
有西方的侯伯沚來告曰，西邊土方之國，征討我東邊，攻陷了我二邑之地，舌
方之國，也來侵犯我西邊的土地。這是驗辭。甲骨卜辭中以上四部分完全的
很少。

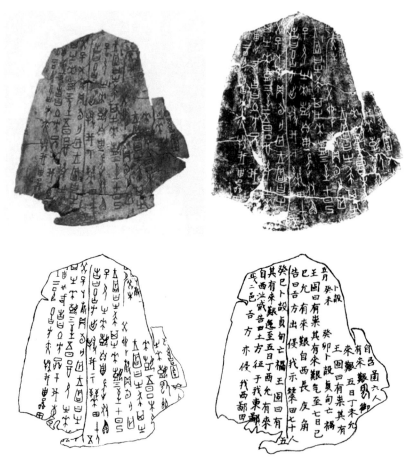

《甲骨文合集》第 6057 片照片、拓本、摹本及釋文

談談它的文例：

甲骨卜辭的寫刻，是有一定的規律。大體上說，除一部分特殊情形外，都是迎逆卜兆刻辭。如龜背甲右半者，它的卜兆向左，卜辭則右行；左半者，其卜兆向右，卜辭則左行。龜腹甲右半者，其兆向左，卜辭則右行；左半者其兆向右，卜辭則左行。但是甲骨頭尾及左右兩橋邊緣上的卜辭，則總是由外向內，即在右者左行，在左者右行，與前例相反。牛胛骨，左骨其卜兆向右，卜辭則左行；右骨其卜兆向左，卜辭則右行。但接近骨臼一端，則往往兩辭，由中間起，一左行，一右行。其中龜腹甲背甲及牛胛骨，凡字多、字大的，往往不合文例，因為卜辭佔地方多，就要見機行事了。

最後要談談它的字數：

有關甲骨文字的數目，最初羅振玉作《殷虛書契考釋》，所認識而加以考證之字，共計 485 個。到作《殷虛書契待問編》時，不可識之字，共 1,003 個。1934 年孫海波據《鐵雲藏龜》等八書編《甲骨文編》，其《正編》錄可識之字 1,006，《附錄》所收不可識之字 1,112，總數為 2,118。則二十年之間，所識之字，由 485，至 1,006，呈漸進漸增之勢。2012 年 3 月《甲骨文字編》全四冊由北京中華書局出版，被稱作是史上內容最完整的甲骨文字典。編者李宗焜表示：殷墟甲骨號稱十萬片以上，也有人說十五萬片，但這麼多的甲骨裏面到底有多單字，卻始終沒人做過全面性且有系統的研究。以前的說法從二、三千到七、八千都有，但各種說法都是憑想像，沒有任何科學根據。李氏深信，目前已出土的甲骨應該都被寫進他的《甲骨文字編》中沒有遺漏，共有 4,378 個單字。

還要談談甲骨中的長文：

甲骨卜辭中文字最長的，于省吾在《續殷文存・序》中曾說「甲骨文有長五十餘字者」。大概是指《殷虛書契菁華》第二片及《卜辭通纂》第五九二片。前者長五十一字，後者長五十四字。其實《殷虛書契菁華》的第三片與第五片，是一塊牛胛骨的反正兩面，上面的卜辭相互銜接，共有九十三字，1973 年安陽小屯南地發掘甲骨，有一版基本上完整的牛胛骨，共有十六條卜辭，148 字，是這次發現甲骨中文字最多的一版。以今日所能見到的材料說，應該是卜辭中最長的文字了。

再談到它的典冊：

古代典籍《尚書》《多士》篇稱「惟殷先人，有典有冊」，由甲骨文有如此之長文，可以證明。況且殷墟所發現者，除甲骨文外，還有人頭刻辭，獸頭刻辭，以及銅器款識，骨器款識，石器款識，玉器款識，陶器款識等。少的一二字，多的有十餘字。殷代銅器有銘文的，更有數千，文長有四十餘字的。則商代人對於文字使用的普遍可想而知。又殷墟發現銅器上常有為銅酸所保存的紡織物遺跡，知道當時絲帛已很普通；由書寫的甲骨文字看，知道商代已有毛筆及朱墨褐色的顏料，想商朝的史乘國典，也可能用絲帛來寫。又古代北方產竹，此由《毛詩》左氏傳可見。甲骨文之冊字，就像竹簡彙集之形，那麼商代有竹簡，也是有可能的事。只是有待我們繼續發現了。

含有「冊」字的甲骨文

甲骨文字的內容研究

中國目前考古發現最早的成文資料，始於商朝，是商朝後半期——盤庚遷殷至紂辛亡國這八世十二王 273 年間的商人遺物。商朝的文字資料，有陶文、玉石文、金文和甲骨文幾種。其中以甲骨文最為重要，而且數量最為繁多。

《禮記·表記》中說，「殷人尊神，率民以事神，先鬼而後禮。」商朝人尚鬼，遇事好占卜，占卜後便記錄下來。記錄有寫有刻，在甲骨上用朱書，也有墨書。有的先寫後刻，有的不寫而直接刻寫。還有將文字塗上朱砂或塗墨，也有的鑲嵌松綠石，這就是「卜辭」。甲骨文絕大多數是卜辭，也有少數與占卜相關的一些記事文字。

甲骨學就是以這種甲骨文字爲研究對象來對甲骨文字本身，並進一步對商朝的社會歷史各方面進行研究的一門學科。

甲骨文雖是商朝王室在占卜時所用，但是它的內容非常豐富，並不只是簡單地記載凶吉而已，其內容涉及到社會生活的許多方面。無論是商代社會的經濟基礎和上層建築，如關於商代的農業、畜牧、田獵、貨幣、交通、先公先王、諸婦諸子、家族宗法、平民奴隸、方國地理、刑罰牢獄、征伐戰爭、天文曆法、祭祀宗教、醫藥衛生等等。特別是關於商代歷史上的一些關鍵性的問題，比如像國家起源、社會形態、階級關係、土地制度等等，還有就是我們要討論的神話研究，都可以從甲骨文裏找到有關資料，進而從各方面進行深入的研究。

例如在天文方面，甲骨文裏有日月蝕、各種星宿、風雲雷雨、冰雹虹霓的記載。

在曆法方面有干支紀日，以征伐祭祀紀年及大小閏月等等。

在地理方面，甲骨文裏有許多森林、草原、河流、湖泊的記載，可以看出三千年前的地貌與今天的不同之處。

在農業方面，從甲骨文裏可以看出當時雨量豐富、氣候溫和、商人已經知道用牛耕田，知道施肥，並且有農業管理的官員，農業作物有水稻、小麥、黍、稷，收藏糧食的地方有廩倉，農業區域遍及中商和東南西北四方。

在畜牧業方面，甲骨文裏有六畜，包括：馬、牛、羊、雞、犬、豕。飼養牲畜有牢圈，養牛可以達到一千頭之多。商人對馬十分偏愛，甲骨文中馬有各種名稱並且配有各種裝飾。

由甲骨文看來，當時的田獵還很發達。有田有狩，田獵的方法有陷阱、有追逐射殺、有羅網，有焚燒。田獵的獸類以麋鹿爲最多，也有虎、狼以及野豬，並且有大象。根據甲骨文的記載，田獵收穫最多一次可以獲得麋鹿四百五十一頭。

捕魚的方法有釣有網，由射有叉。除了捕魚之外，還捕有龜、鱉等水產動物。

在交通方面，有騎有乘，有馬車、有牛車，有舟船、有橋梁，有驛站傳遞以及住宿的館舍。

在貨幣方面，普通所使用爲貝玉。貝，稱朋；玉，稱珏。計算單位是以十進位，十貝爲一朋，十玉爲一珏。

　　甲骨文中商代最高統治者稱作「王」、稱作「朕」，還稱作「余」，又稱作「一人」和「余一人」，儼然是一派至高無上獨裁專制的口吻。

　　甲骨文裏在王的左右有諸婦和諸子，還有近臣。

　　在甲骨文中被統治者有平民，稱作「眾」。有奴隸，奴隸有男有女，有「臣」有「妾」，有「僕」有「奚」，有「姬」有「婢」，又有總名之爲羌的。

　　在社會組織方面，甲骨文有諸婦和諸子，宗族姓氏和宗法。

　　在地域方面，甲骨文有中商和東土、南土、西土、北土，有東方、南方、西方、北方。

　　甲骨文有邑有鄙，有大邑、有西邑，有二邑、三邑、四邑、廿邑、卅邑、直至四十邑。邑之外曰鄙。有東鄙、西鄙。邑鄙之郊曰奠，有南奠、西奠。奠之外有封國，封國之爵有侯白男田，又稱多田與多白。

　　甲骨文中又有方國散佈四方。武丁時方國有四十多個，主要的像土方、舌方、羌方、周方等，多散佈在商王朝的西方和西北。帝乙帝辛時的方國主要的像夷方、盂方，則散佈在商王朝的東南。商王朝與方國的戰爭，規模相當大，一次出征可動員三千至五千人，最多的一次武丁時出征達一萬三千人。最久的一次帝乙帝辛時出征夷方往返達一年之久。

　　在統治機構方面，甲骨文中國家的文官有多臣多尹，武官有多馬多射，史則先爲武官後爲文武。刑法有手帶鐐銬、割鼻鋸腿、直至砍頭。牢獄有囹圄。軍隊有左、中、右三師、三牧、三戍，士兵則稱眾人、族人。

　　在科技方面，表現在醫學上，甲骨文中有頭、眼、耳、口、牙、舌、喉、鼻、腹、足、趾、尿、產、婦、小兒、傳染等疾病。治療上除了用藥外，還有針刺、艾灸、按摩。還有醫官。

　　在紡織方面，甲骨文中有蠶、桑、絲、帛，又有蠶示也就是蠶神。

　　在釀造方面，甲骨文中有酒、醴、鬯。這些釀造的酒類，除了供人飲用之外，又是祭祀祖先常用的禮品。

　　甲骨文中還有「金」字偏旁的文字和冶鑄的「鑄」字。商代除了精美的青銅器之外，還有精緻的製玉業、製骨業和松綠石鑲嵌的製品。

　　在宗教方面，自然崇拜則祭祀山川和四方的風神；天神崇拜則祭祀上帝和日月星辰。另外，大量的祭祀卜辭還表現了對於祖先的崇拜。

　　再有就是下面我們要介紹的甲骨文中所反映的神話傳說。

　　還有，由甲骨文字可以上溯到中國文字的起源。甲骨文字已經是一種相

當成熟的文字，如果用文字學上的「六書」來作為分類，可以說六種都有：象形字佔了大部分，會意字和指事字也不少，形聲字正在孳乳當中，轉注字還沒有嚴格的界說，但是「考」和「老」兩個字都有，假借字尤其多見，或許那是因為當時文字還太少的緣故。總之，殷商時代的甲骨文已經由原始的繪畫，發展到可以用線條作為符號，有許多獸類的象形文字，本來應該是橫著畫的，到了商代的甲骨文中已經變得可以直立起來，變成可以四腳騰空，當然這也是因為中國文字是上下直行的關係，但這也是為了行款美觀，不得不直著寫。同時甲骨文的書法也已經成為一種美術，你可以欣賞它的結構和比例，也還可以認為這就是文字的魅力，而不是圖畫的美。再進一步，就可以由甲骨文來求證殷商時代的文化，進而再上下推證中國古代的文化。

「虎」字甲骨文

總之，甲骨文是中國目前發現時代最早的成文資料，數量繁多，內容豐富。從文字學來看，它比許慎《說文解字》早了一千五百多年；從古史學來看，有關商代的記載只有《尚書・商書》五篇和《詩經・商頌》五首，就連生活在兩千年前的孔老夫子，都在歎稱商代文獻不足。而甲骨文材料正好彌補了這一缺陷。還有流傳到今天的古典文獻，像《尚書》、《詩經》、《楚辭》、《山海經》和《史記・殷本紀》等書，到底哪些靠得住，哪些靠不住，也必須由甲骨文才能得到印證。把甲骨學結合古典文獻、考古學、民族學等，經過詳細地佔有資料，加以科學分析，用以恢復三千年前商代的社會面貌，研究商代的歷史，才能得出正確的結論。

第四章　綠酒初嘗人易醉，鴻雁在雲魚在水——甲骨研究與神話傳說

第一節　但開風氣的「先公先王」

　　近代以來，中國的古史傳說曾經被文學家茅盾等許多人都看成是「僞古史，眞神話」，從而納入了中國神話學的體系。其實在中國舊有的傳統中，古史傳說與歷史現實之間確有著密不可分的關係。被稱作中國史學之父的太史公司馬遷在其著作《史記》中，就採用的是以《世本》爲綱，依世系的體系來安排整部著作。打個比方，《史記》就像一株大樹，它的主幹就是《本紀》，其枝葉是《世家》和《列傳》，人物則統統被歸統於國族，國族又統統歸統於帝系，《史記》的首篇即是《五帝本紀》，其餘的每講到一個國家之前都要加上一段帝系傳說。只是到了後來疑古思潮大興，古史傳說也緊跟著被疑古派逐出了歷史領域。雖然從學術淵源上說，疑古派思潮有其自己的淵源，可以上朔到宋代辨僞之學以至清代姚際恒、崔東壁的發展，但是更主要的還是彙入了世界的近代思潮，同西方的文獻批評學以及東洋的「堯舜禹抹殺論」一樣，都是史學近代化所必經之路。

　　像中國古代神話的寶庫《山海經》，漢代劉歆稱它「出於唐虞之際」。東漢王充《論衡‧別通篇》以禹、益「作《山海經》」稱：「使禹、益行地不遠，不能作《山海經》。」畢沅則有：「《山海經》作於禹益，述於周秦，其學行於漢，明於晉，而知其者魏酈道元也。五藏山經三十四篇實是禹書。」又說：「海外經四篇，海內經四篇，周秦所述也。」《論衡‧談天篇》引司馬遷說：「至

禹本紀、山經所有怪物，余不敢言也。」太史公「不敢言」是慎重的意思，但王充卻誤解爲「夫弗敢言者，謂之虛也。……案太史公之言，山經、禹經，虛妄之言。」而郭璞則以爲並非虛妄言，畢沅也跟著郭璞說《山海經》非語怪之書，」並進一步說《西山經》和《中山經》的山「率多可考，」因爲「五藏山經三十四篇，古者土地之圖，周禮大司徒用以周知九州之地域。」意思是說，《山海經》是天下第一部古地理之書。其實，山川偶然有幾處與實際相同，也是古代作者在神話中偶然利用了某些和實際相符的情形，也只是極少數；反之，又可能有一些實際的山川是從《山海經》中取的名稱。

對於這部《山海經》，王充說是「虛妄之言」，郭璞說它是「怪物實有」，只是司馬遷採取了客觀的態度，因爲自己不知道，所以「不敢言」。實際上《山海經》裏的怪物，既不是「虛妄」，又不是「實有」；大自然中當然沒有那些怪物，但把它們看作神話中的東西，就樣樣都是實有的了，因爲有神話上的確實性，神話也不完全是虛妄的，有原始的宗教信仰作爲它的基礎。

清人治考據學主張的是無徵不信，孤證不立的原則，所以能取得超越古人的驕傲成績。比如商人先祖王亥，清代徐文靖《竹書紀年統箋》、劉夢鵬《屈子章句》均指出「該」，爲人名，即《史記》中《殷本紀》的「振」，《漢書古今人表》的「垓」。王國維在《最近二三十年中中國新發見之學問》〔註1〕中說：「自漢以來，中國學問上之最大發現有三：一爲孔子壁中書；二爲汲冢書；三則今之殷墟甲骨文字，敦煌塞上及西域各處之漢晉木簡，敦煌千佛洞之六朝及唐人寫本書卷，內閣大庫之元明以來書籍檔冊。」1917年，王國維撰成名文《殷卜辭中所見先公先王考》及《殷卜辭中所見先公先王考續考》兩文〔註2〕，便開創性地以「新史料」甲骨文來印證司馬遷《史記》的文獻正確性，進而研究商代的歷史，把甲骨文的研究推向了一個新的階段，就是從以往的「文字研究」進入到了「史料研究」。用王國維自己的話說：「甲寅（1914年）歲莫，上虞羅叔言（振玉）參事撰《殷虛書契考釋》，始於卜辭中發見王亥之名。嗣余讀《山海經》、《竹書紀年》，乃知王亥爲殷之先公，並與《世本·作篇》之胲、《帝系篇》之核、《楚辭·天問》之該、《呂氏春秋》之王冰、《史記·殷本紀》及《三代世表》之振、《漢書·古今人表》之垓實係一人。」在王國維研究王亥的過程中，曾將這一發現與羅振玉及日本學人內藤虎次郎交

〔註1〕《王國維遺書》第五冊，北京：中華書局，1983年。
〔註2〕編入《學術叢書》，又收入《觀堂集林》卷九。

談，內藤因此寫下《王亥》和《續王亥》〔註3〕，也希望繼續能再找到殷人先公的名號。王國維也就真的不負眾望而有所發明，他「復於王亥之外得王恒一人，案《楚辭・天問》云：『該秉季德，厥父是臧』，又云：『恒秉季德』，王亥即該，則王恒即恒，而卜辭之季之即冥，至是始得其證矣。」傅斯年在《史學方法導論》一文中，稱讚王國維《殷卜辭中所見先公先王考》兩篇「實在是近年漢學中最大的貢獻之一。」又說「王君拿直接的史料，用細蜜的綜合，得了下列的幾個大結果。一，證明《史記》襲《世本》說之不虛構；二，改正了《史記》中所有由於傳寫而生的小錯誤；三，於間接材料之矛盾中（《漢書》與《史記》），取決了是非。這是史學上再重要不過的事。」至此，甲骨學的研究因王國維《殷卜辭中所見先公先王考》及《續考》兩文問世，就由「文字時期」進入到「歷史時期」，同時，還為其日後的著作《古史新證》一書提出著名的「二重證據」之法，展示出典型的實例。

王國維像

　　王國維的《先公先王考》和《續考》，以殷墟甲骨文與《史記・殷本紀》對照，證明了「《世本》、《史記》之為實錄」，在學術界引起巨大反響。1925年，王氏在清華國學研究院任導師，由此擴充為《古史新證》，提出了著名的「二重證據法」，是王氏最重要的業績之一。「二重證據」之法，開創了近代史學研究的新局面。他說：「研究中國古史，為最糾紛之問題。上古之事，傳

說與史實混而不分。史實之中固不免有所緣飾，與傳說無異，而傳說之中亦往往有史實為之素地，二者不易區別，此世界各國之所同也。在中國古代已注意此事。」而「吾輩生於今日，幸於紙上之材料外，更得地下之新材料，亦得證明古書之某部分全為實錄。即百家不雅馴之言，亦不無表示一面之事實。此二重證據法，惟在今日始得為之。雖古書之未得證明者，不能加以否定，而其已得證明者，不能不加以肯定，可斷言也。」王國維認為由地下文物印證地上古籍的學術價值有三點，就是「補正紙上之材料」；「證明古書之某部分全為實錄」以及證明那些已被司馬遷斥做「不雅馴之言」的古籍，而這裏面就包括了也被「疑古派」指為時代所作的《山海經》。唐蘭為《新證》作序就稱讚道：「疑古之說方盛，學者羞道虞夏，先生獨舉甲骨所載殷之先世與夏同時，且金文盛道禹跡與《詩》符合，可知西周學人，咸信有禹，不僅儒墨也。此其證據明確而不輕下斷語，誠後學之楷模焉。」

王國維開始的這項研究，意義不限於殷商世系的證實。晚清以來興起的疑古之風，極而言之主張東周以上無史，造成了古史的空白。殷商世系研究的結果，肯定六百年商代的存在，填補了空白的一大部份。更重要的是，這在方法論上指示了古史重建的一條途徑。

具體地說，殷商世系的研究的狀況可歸納為這樣幾點：

其一，《世本》作於晚周，《史記》成在西漢，可是書中記載的殷商世系基本上是真實的。就連成湯等商代前期各王，甚至更早的先公，其名號、次序都鑿然有據。

其二，文獻中的殷商世系，也有個別的錯誤，需要依甲骨文來糾正。譬如在上甲微以後，《殷本紀》講是報丁、報乙、報丙，實際上應該改為報乙、報丙、報丁。

其三，《殷本紀》等所見名號，有些與甲骨文不同，仔細考察知道是通假字，例如雍己，甲骨文作呂己，「呂」即「雍」字所從。又有些係形誤，如沃甲，甲骨文作羌甲，「羌」字「先訛作芉，後人又改作或沃」。

其四，還有少數到現在還難於解釋的問題。如《殷本紀》河亶甲，甲骨文作（戔）甲，名號問究竟是怎樣的關係，沒有確解。這些問題並不影響整個世系的可信性。

其後，不少學者對甲骨文中的殷商世系做進一步探討，使王氏之說更加完善。

第二節　「伏羲女媧」等史蹟追蹤

　　聞一多本名家驊，是中國現代史上的著名詩人和學者，1930 年他曾到國立青島大學任教。在青島大學只有兩年，到 1932 年就因為學潮離開了。在青島期間，聞不僅取得了許多學術研究上的突破，而且招收了兩個很得意的學生，一個即是陳夢家，另一個是詩人臧克家。在大學時，聞曾把他們兩人的照片擺在桌子上，說明他很喜歡這兩個學生。

　　陳夢家是青島大學的教師，他跟隨聞一多的時間，比臧克家要早三年。1928 年，南京第四中山大學成立的那年，陳考入外文系，而聞正是外文系主任。陳有靈氣，聞只要稍一指點，他就能上路。聞不僅向《新月》推薦過他的詩，還推薦過他的劇本。陳的名聲同他編的《新月詩選》有很大的關係，這人很會動腦子，他把《新月》上的新詩彙集起來，單獨成書，算是對《新月》的一個總結。聞一多到青島大學不久，就聘請陳來做講師，實際上是做自己的助手。不料，恰是由於陳編輯了《新月詩選》，也被認為是「新月派」的一員。

　　聞一多在《詩經》《楚辭》《周易》等方面多有建樹，他的詩經研究是在武漢大學開始的，但他學術成果的基礎，則是在青島大學奠定的。他的《詩經》研究有創新之處，他特別注意運用西方文化人類學的方法，窺視中國文化源頭時代人的心態變化，許多觀點與傳統的注釋結論截然不同，後來得到郭沫若的高度評價。聞的《〈詩・新臺〉鴻字說》係名噪一時的考據之作，「魚網之說，鴻則離之」，歷來將「鴻」訓為鳥名，以為是「鴻鵠」之「鴻」。聞則反問，鳥為什麼會在漁網之中，最後聞將「鴻」訓為蟾蜍。如此即通。又如《詩經》中有《芣苢》篇，「芣苢」就是車前草，關於這首詩，過去一直被解釋為是勞動時唱的歌。聞想到車前草是普通植物，長得又不美，不值得歌頌，為什麼還要歌唱它呢？幾經思索，聞採用現代社會學理論解開了謎底，他認為車前草是種多籽植物，因為上古時代女性最大的責任就是傳宗接代，勞動時唱它，實際是表達了女人多孩子之意，因為只有多生孩子，自己在那個社會才有地位。以《楚辭》研究為例，聞一多給自己定出三項課題：說明背景；詮釋詞義及校正文字。郭沫若稱讚「其眼光的犀利，考索的賅博，立說的新穎詳實，不僅前無古人，恐怕還是無後來者的。」

聞一多（左）與學生陳夢家（中）

　　1930 至 1940 年代前後，聞一多開始以伏羲爲中心來研究中國的古代神話。到了 1948 年的時候，聞於清華大學的同事朱自清先生編輯《聞一多全集》八卷四冊，便把聞的手稿合編，題爲《伏羲考》，1948 年由上海天明書店出版。包括有：「從人首蛇身像談到龍與圖騰」、「戰爭與洪水」、「漢苗的種族關係」、「伏羲與葫蘆」等部分。

　　對於伏羲、女媧，聞一多首先由考古發現入手，介紹了石刻與絹畫上的伏羲女媧圖像，在這兩類圖像裏，他們表現爲人首蛇身畫像。而在古代神話的寶庫《山海經》之中，又留下有不少「人面蛇身」的記載。如《海內經》稱：「南方……有人曰苗民。有神焉，人首蛇身，長如轅，左右有首，衣紫衣，冠（旋）冠，名曰延維。人主得而饗之，伯天下。」此外，還有諸如，蛇怪：

　　太華之山有蛇焉，名曰肥𧔥，六足四翼，見則大旱。

　　崦嵫之山，有獸焉，其狀馬身而鳥翼，人面蛇尾，名曰孰湖。

　　渾夕之山，有蛇，一首兩身。

　　陽山中，多化蛇，其狀如人面。而豺身，鳥翼而蛇行。

蛇圖騰與龍圖騰及蛇形、龍形諸神：

　　凡『北山經』之首，自單狐之山至於堤山，凡二十五山，五千四百
　　九十里，其神皆人面蛇身。

凡『北次二經』之首，自管涔之山至於淳題之山，凡十七山，五千
六百九十里，其神皆蛇身人面。

女子國北，人面蛇身，尾交首上。

鍾山之神，名曰燭陰。視爲晝，瞑爲夜，吹爲冬，呼爲夏，不飲不
食不息。息爲風。身長千里。在無腎之東。其爲物，人面蛇神，赤
色。居鍾山下。

操蛇、駕龍之神：

西方蓐收，左耳有蛇，乘兩龍。

南方祝融，獸身人面乘兩龍。

北方禺彊，人面鳥身，珥兩兩青蛇。

洞庭之山，九江之間，多怪，神狀如人而載蛇，左右手操蛇，多怪
鳥。

祭壇之蛇：

崑崙北，柔利之東，相棲者九首人面蛇身，而青不敢北射，畏其工
之壇。壇在其東，壇四方隅有一蛇，虎色，首衝南方。

軒轅國北，其止方四蛇相繞。

應該說，伏羲女媧是我國上古時期以蛇作爲圖騰的氏族集團的始祖，圖騰崇
拜是世界各個民族在上古時期普遍流行的一種崇拜，氏族集團把氏族圖騰視
爲自己的祖先，並認爲圖騰對本氏族成員能起到保護作用。但是人首蛇神的
形象，在由古到今的動物世界和人類世界裏，是決然未見過的。它不可能是
一種實體的人類或者動物，那麼既然這種形象不是實體，那麼它就一定具有
特殊的含義。自新石器時代以來，祖先崇拜，靈魂崇拜僅次於對太陽的崇拜。
人類早期的祖先，由於其自身堅苦卓絕的努力，使部落在存亡之際，能得以
繼續生存、繁衍下去，因而在其後裔的心目中被敬若神明，又加上巫師的渲
染，使其具有了神性與神威。這種半人半神的地位，以及與蛇文化融爲一體
的始祖文化，兩者從內容到形式得到了統一，取得了和諧。作爲華夏始祖的
伏羲、女媧，也正是這種人蛇合一，人神合一的典型形象。此一觀點也從古
代神話的寶庫《山海經》中得以驗證。

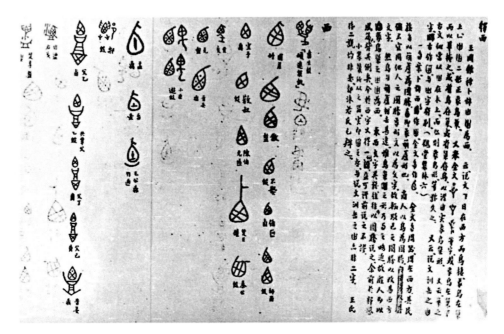

聞一多甲骨文研究手稿

　　聞一多的神話研究論著還有《高唐神女傳說之分析》〔註4〕《朝雲考》〔註5〕，後者乃是依據前者增補改寫而未完成。兩文中，聞氏利用甲骨文中的「虹」字考證，像前者有「虹與美人」、「釋虹」兩節。聞以爲「卜辭虹字只能說有被誤會爲兩頭蛇的可能，但斷不是二蛇交尾的樣子。只有漢畫如武梁祠刻石等所畫人首蛇身的伏羲女媧像，才眞正寓有蛇交尾的意思。卜辭虹字的構造卻與那完全不同。所以後世的傳說中之所以有陰陽交接一義，其起源必須是二鹿而非二蛇。」又「我們方才說到殷末已有從蟲的虹字，而詩人稱虹爲蝃蝀，分明也以爲蛇類，可見虹之被認爲蛇類確實是很早的事。這大概由於虹的本身和古虹字的形狀本都容易聯想到蛇的形狀，所以很早人們便已忘記虹是鹿而直以爲蛇了。但由鹿變蛇之間，似乎還有個過渡的階段，那便是龍了。龍的頭尾與四足全與鹿同，只有身軀拉長像蛇罷了。於字音，鹿龍對轉，虹從工聲，而工龍爲 gl 復輔音，其演變的痕跡也歷歷可尋。虹能致雨，龍亦能致雨，也可見二者關係的一斑。總之有了龍作爲過渡階段，則古人觀念中的虹，最初是鹿，便更可信了。」既證明古代神話，又說明文字起源。聞氏還

〔註4〕刊《清華學報》，第十卷第四期，1935 年。
〔註5〕據手稿影印。

有《姜嫄履大人跡考》〔註6〕一文，考證古史傳說中的先周史蹟。

　　聞一多的古代神話研究確有其自身的獨到之處，首先，他較爲全面地利用了中國古代的文獻資料；其次，聞一多又不同於許多當時同輩學人的研究方法，也就是不僅僅只是利用古籍資料，同時他還利用活的民間文學、特別是少數民族的神話傳說，當然抗戰時期身居西南昆明有其優良的便利條件；再有，聞一多又不單單只是注意到中國境內的少數民族的民間文學，同時他還利用了國外民族如印度、北婆羅洲、越南的神話。雖然他利用的資料主要是轉引自民族學家芮逸夫的著作，但是他所採取的研究方法是獨特的。過去一段時間以至於到現在爲止我們的許多研究中國神話的學人，都是以國家爲中心，從而忽視了在中國境內的許多民族是跨邊境的民族，這裏有生活在中國的雲南和緬甸的佤族、景頗族、德昂族，生活在越南有苗族，生活在尼泊爾、巴基斯坦有藏族，生活在俄羅斯西伯利亞、黑龍江北岸有鄂溫克和赫哲族，而生活在新疆的維吾爾、哈薩克、塔吉克、克爾克孜各族又散居於中亞各國，要涉及這些跨邊境民族的神話時，就要注意搜集境外的資料；還有，聞一多除了轉引芮逸夫的著作，還時常利用外國人搜集到的中國境內的少數民族的資料，而這一點往往又是今日研究中國少數民族的學人所忽略的，他們對前人的研究成果也不大注意。雖然自 1950 年代起直至近年來，也陸續搜集了許多各個民族的民間文學的資料，但早期、特別是 19 世紀或 20 世紀上半葉以來所採錄的資料更爲珍貴，因爲那時的不少傳說故事在又飽經了許多滄桑之後，現在已經失傳或者失眞了，並非原汁原味了；最後，聞一多的專長是文學家、詩人，但同時他又注意到了人類學的研究和民間民俗的研究。用眼下時髦的語言，在「比較」神話學方面，聞氏也算是開了一個頭吧。

第三節　商代神話的系統整合

　　史學家余英時說過：史學與想像力之間，並非水火不相容。他曾著文指出一個有趣的現象，即中國現代史學家中以甲骨、金文治古史而卓然有成就者頗不乏詩人出身，如王國維、郭沫若、聞一多、陳夢家等都兼有詩人與史家的雙重身份，「這個現象絕不是偶然的巧合，詩的想像和史的想像之間似乎

〔註6〕刊昆明《中央日報》，《史學副刊》第 72 期，1940 年。

存在著一道互通往來的橋梁。」〔註7〕號稱曾是臺灣最年輕的系主任、最年輕的文學院長的龔鵬程，也表述過相同的觀點，他說「治文字小學，世或以為乃刻苦功夫、枯淡事業，其實不然。治這套學問，非有詩性的想像力不可。試看王國維、章太炎、黃季剛、郭沫若、聞一多、陳夢家……等近世治小學之名家，誰非詩人？……若不能詩，亦性非詩人者，在此道中便永遠只能做些技術性的工作，餖飣刻板，不會有什麼大成就。〔註8〕

陳夢家「自小聰穎，十六歲考取中央大學法律系，同時師從徐志摩、聞一多，開始新詩寫作；大學畢業取得律師執照，但隨興所至，繼續耽於詩藝，著有《夢家詩集》、《鐵馬集》。三十年代入燕京大學宗教學院，兩年後復入燕大研究院，從容庚研治古文字。」〔註9〕陳夫人趙蘿蕤說「陳夢家原是金陵神學院的牧師，後報考清華研究院，打聽得研究古文字最易出名成家，便做了容庚的學生。」〔註10〕

1936 年 12 月，陳夢家先生寫出《商代的神話與巫術》，在北平燕京大學出版的《燕京學報》作為「十週年紀念專號」的第二十期上刊出，期望利用甲骨文的材料對商代的神話系統做一通整理。胡文輝稱「其早期論文如《商代的神話與巫術》、《五行之起源》，每多附會想像，可見聞一多式的思路；稍後轉趨平實，多作專題綜述，則更近乎容庚的作風。」〔註11〕談到對神話的所下的功夫，以陳氏自己的話說，就是：

> 本文對於神話研究，偏重從神話傳說中提取古史，建立一個較可信的世系：其次是對於商民族的來源，從神話中探求其地帶；又次對於若干偉大歷史人物的創制造物，審查其真偽及由此而生的神話；又次對於始妣略有所論述：是為本文第二第三兩章大綱。許多野獸神話，隱含上古人民生活的遺跡，本文第四章舉例說明一二；又關於水及治水的神話，其中有由水蟲進為水神話的人物的，有由治水

〔註7〕 見余英時：《論士衡史》，傅杰編，上海文藝出版社，1999 年；第 328～329 頁。

〔註8〕 見龔鵬程：《鵬程問道──四十自述》，臺北金楓出版社，1996 年 9 月；「從師」一節，第 131 頁。

〔註9〕 見胡文輝：《現代學林點將錄》，廣東人民出版社，2010 年 8 月。

〔註10〕 見揚之水：《〈讀書〉十年（一）一九八六～一九九○》，北京：中華書局，2011 年 11 月出版。

〔註11〕 見《現代學林點將錄》。

人物與水蟲混淆的，本文於說明「水蟲」與治水故事的關係後，想
　要分別一下何者爲水蟲而變爲神話人物的，何者爲歷史人物而蒙水
　蟲之名者。

文章上半是這樣安排的：

　上編　神　話

　第一章　神話的發生

　第二章　神話傳說中的歷史系統

　一、虞夏商爲一系說

　二、商爲東方民族

　第三章　荒古的記憶——動物的服用

　一、商人服象與舜

　二、相土乘馬之可疑

　三、王亥爲畜牧之祖

　四、上甲以前的血系表

　第四章　荒古的記憶二——人獸之爭

　一、封豕

　二、**屮蛇**

　三、希與苪

　第五章　水的神話

　一、水蟲與治水者

　二、旱神妭的改造

　三、帝賜雨——上帝與先祖的分野

　餘　論——鳳

在論述了甲骨文所反映的商代神話之後，又繼續探討了與上古神話密切
相干、也密不可分的上古的巫術，文章下半是這樣安排的：

　下編　巫　術

　第一章　巫

　一、女巫之衰

　二、巫的職事

　三、王者爲群巫之長

　四、巫即舞——卜辭稱巫爲戊

五、卜辭中的女巫

第二章 舞

一、舞與歌的發生

二、舞飾

三、隸舞——代舞，萬舞，九辯九歌

第三章 祓禳

一、四方與風雨的祓禳

二、宮室的清潔

三、人身的清潔——祓，載

四、釁——沐

五、儺

六、赤——暴巫，焚巫

七、方相氏與鬼——倡優之起源

八、救日月之災

餘說——附論玉

　　陳夢家此前曾作《古文字中的商周祭祀》一文，〔註 12〕因爲「該作與此篇有若干聯繫」，而「古代歷史，端賴神話口傳」，所以再進一步發展擴大，寫成五萬餘字的長文。

　　陳氏利用甲骨文材料關照古代的神話傳說，在這一篇中可以說是面面俱到，雖然有些僅僅是點到爲止，但也畢竟開了以甲骨卜辭究索上古神話的先河。

陳夢家像

〔註12〕載《燕京學報》第十九期，1936 年 6 月。

在中國古代，龍就是神的象徵，據說黃帝與蚩尤打仗時，就得到畜水行雨的應龍的協助。在《山海經·大荒北經》是這樣描寫的：「蚩尤作兵伐黃帝，黃帝乃令應龍攻之冀州之野。應龍畜水，蚩尤請風伯雨師，縱大雨。黃帝乃令天女曰魃，雨止，遂殺蚩尤。」連「大禹治水」的傳說也是圍繞著龍來展開。《山海經·海內經》說，「鯀竊帝息壤以堙洪水，帝令祝融殺鯀於羽郊。」是說鯀偷息壤為人間堵塞洪水，結果遭來殺身之禍，被上帝派來的火神殺死在羽山。然後又派鯀的兒子禹去治水。「帝乃命禹卒布土定九州。」（《山海經·海內經》）而甲骨文中也有龍的身影，甲骨卜辭有：

壬寅卜，賓貞，若茲不雨，帝惟茲邑龍不若。二月。

貞，龍無不若。

這說明神話與卜辭的相契合，同時也證明了神話的產生並非由頭腦的憑空想像，而是有其歷史的原因的。

再有，炎帝黃帝是中國歷史傳說中的炎黃集團的主要人物，炎帝姓姜，黃帝姓姬。關於黃帝時期和夏禹與羌族有關的記載，《史記·五帝本紀》稱：黃帝與嫘祖生二子，「其一月玄囂，是為青陽，青陽降居江水，其二曰昌意，降居若水」。有人考證所謂江水即岷江，若水即雅礱江，這是古代羌人居住的區域，李泰《括地志》有「岷洮等州以西，為古羌國」，炎帝黃帝都與江水若水上游的羌人有關，故傳說如此。後來董作賓曾作有《殷代的羌與蜀》，文章引證了甲骨文中有關羌的卜辭近 150 條，論述了在殷商時起，羌為西方的一個大國，地廣人多，和殷人的關係也最緊密。甲骨文有伐羌的記錄，如「令五族伐羌方」，「於一月發羌眾」；有獲羌及得羌的記錄，如「在易牧，獲羌」，「貞：往，羌不其得」，顯示羌人與殷人經常有爭奪之事；但雙方也有和好交往的時候，甲骨文有「妻羌婦」，「多臣往羌」，顯示羌人與殷人有過通婚姻，遣使臣之類的事。另外還有羌人為殷人服勞役，甲骨文有「勿用異氏羌」，「汛用來羌」。還有羌人為殷人從事畜牧，甲骨文有「令多馬羌」；還有羌人為殷人從事農業，甲骨文有「王令多羌墾田」；有羌人為殷人從事田獵，甲骨文有「多羌獲鹿」。為此，董作賓論述說：「羌方是殷代西方的一個大國，其中分北羌、馬羌兩個部落。對於殷人和戰不常，有時被殷人征伐侵略，有時與殷王室通婚姻，納貢品、獻田土，他們的人民，常被殷人征伐和俘虜，以供各種勞役，或助田獵，或助農作，尤以助祭祀、牧畜的人為多。」

　　1956 年，陳夢家再作《殷虛卜辭綜述》〔註13〕，並期望對甲骨學的歷史做一個總結〔註14〕。但對早年親自努力過的、以甲骨文材料來探究的上古神話傳說，倒並未特別留意。也許是「遺蘊已鮮」，或是認爲神話應爲文學事，總之「總結」中並沒有專門闢出一章一節來論述。當然，這和上面陳氏的這篇文章、連同我們下面將要敘述的、至今在海內外頗有影響諸篇之後類似的論著太少，應該不無關係。

第四節　一鳴驚人的「四方風名」

　　如果說以甲骨、金文治古史而卓然有成者頗不乏詩人出身，或治文字小學，非有詩性的想像力不可的話，那麼傾其畢生研究甲骨文字的胡厚宣不知是否可稱作例外。雖然在其讀中學期間，幸遇到天才的國學家，時任國文教員的繆鉞先生，繆教國文、國學概論和中國文學史三課，胡亦曾讀《通鑑》、《文選》和不少子書、經書，學會做詩填詞。作文學過韓柳和莊子，發揮所謂「文章貴有騷意」，但終未以此爲業。考進北京大學史學系後，胡厚宣選修了文史各系所有名教授的講課，很快就接受了當時最流行的所謂託古改制的古史觀、層累造成的古史觀的疑古之學。讀了王國維的《王忠慤公遺書》，亦崇尚所謂「古史二重證據」的考古之學。那時新成立的中央研究院歷史語言研究所剛由廣州遷到北京，辦公在北海。史語所長傅斯年請所內研究員來北大兼課。胡適開「中古思想史」，接著他《中國哲學史大綱》上卷講中古的哲學思想；傅開中國上古史擇題研究，從上古史中選擇一些重要問題來作研究；李濟、梁思永合開考古學、人類學導論，在北海蠶壇上課；董作賓開甲骨文字研究，董去安陽殷墟，則由唐蘭代課；徐中舒開殷周史料考訂。這些課程，胡都去聽。他們講課有一共同精神，就是發揮王國維「古史二重證據」思想，用地下發現的新史料來考證古文學。由於王國維的影響和史語所發掘殷墟，「大龜四版」、「大龜七版」不斷發現，古文字之學大倡，甲骨文字頓時成了一科熱門之學。那時在北大教甲骨文的教授有好幾位，常常幾門甲骨文課在中文、史學兩系同開。此外容庚

〔註13〕編入中國科學院考古研究所「考古學專刊」，作爲「甲種第二號」，由北京科學出版社 1956 年出版；北京中華書局 1988 年 1 月再版；後收入「陳夢家作品集」由中華書局 2008 年 7 月出版。

〔註14〕據說作者原擬名稱即是「殷虛卜辭總結」，但遭另治文字同行駁斥，稱你陳夢家不能做這個總結，故有現名。

在燕京，商承祚在師大，輔仁有于省吾，清華有吳其昌，北京圖書館有劉節，
一流的學者，幾乎雲集北京，轟轟烈烈，盛極一時。胡稱其學習甲骨文並非趕
時髦，因為上課人多，都去聽聽，就發生了興趣。〔註15〕

胡厚宣像

　　十九世紀二三十年代，在號稱「十里洋場」的大上海，住著一位大收藏
家，乃安徽廬江人士，名劉晦之（體智），號善齋，他的「善齋所藏甲骨文字」
共藏甲骨 28,292 片，裝在 100 個楠木製的盒子裏，並墨拓成《書契叢編》18
冊，1936 年時，遂將拓本交給金祖同帶去日本，請當時流亡東瀛的郭沫若加
以考釋，其中有一片甲骨文上刻有如下的文字：

　　東方曰析，鳳（風）曰劦。

　　南方曰夾，風曰微。

　　西方曰韋，風曰彝；

　　北方曰伏，風曰役。

〔註15〕參見胡厚宣：《我和甲骨文》，刊《書品》1997 年第 1、2 期。北京：中華書局
　　　　出版。

「四方風名」牛骨刻辭　　　「四方風名」刻辭拓本

這快甲骨，今著錄於郭沫若主編、胡厚宣總編輯的《甲骨文合集》中，為第 14294 片，骨是一塊牛胛骨，文字是大字，直行下行，漂亮而有力。郭沫若懷疑它是一塊後人偽造的贗品，在選出 1,595 片編撰成《殷契粹編》時，這一片並沒有收入在書中。但它的字體工整，其時代應該屬於武丁時期，而且它的文理通達，也和杜撰拼湊的偽造品不一樣。所以胡厚宣獨疑其不偽，認爲「萬一即偽，亦當係高明匠人，鈔襲成文而刻者。」那時胡已從北大畢業，被傅斯年「拔尖主義」延攬於中央研究院歷史語言研究所的考古組，並曾親自參加過著名的殷墟發掘，隨後整理殷墟出土所得之甲骨文字。胡於第十三次發掘殷墟所得武丁時龜甲文中，發現有一片龜甲，上面的文字是：

貞帝於東方曰析，鳳曰劦。

□（貞）□（帝）□（於）□（南）□（方）□（曰）□（夾）□（風）□（曰）□（微）

貞帝於西方曰彝，風□（曰）□（韋）

□□□（卜）內，□（貞）帝□（於）北□（方）□（曰）□，□（風）□（曰）□（役）

對照一比，可以看出，除了前面干支、貞人、祭名較前邊那一片多之外，其「四方風名」，大體相同。並且在《金璋所藏甲骨卜辭》出書後，其中第四七二片武丁時期的牛骨卜辭也有：

卯於東方析，三牛、三羊、□三。

也稱作「東方析」。至此胡的大膽假設便有了明驗。接下去，就剩下小心求證了。再對照一下，第十三次發掘所得那片，西方一辭言「西方曰彝，風□（日）□韋」，而「善齋」所藏那片稱「西方曰韋，風日彝」，兩者相互顛倒，也許可以認為十三次發掘所得一片言「西方曰彝，風□（日）□（韋）」是正確的，而「善齋」藏的一片，或許是誤刻或誤抄。再者第十三次所得「□□□（卜）內貞帝」等文字，善齋藏甲骨文一片沒有，或許只是記事文字。但不管怎麼說，在商代武丁時期對於四方以及四方之風，已經各有專名，這一事實，已由這三片甲骨可以明白地知道了。

其實，就在作為中國古代神話寶庫的《山海經》中，也有著此一甲骨文上的「四方名」與「風名」，《山海經》中有：

東方曰析，來風曰俊，處東極以出入風。（《大荒東經》）

南方曰因，乎誇風曰乎民，處南極以出入風。（《大荒南經》）

有人名曰石夷，來風曰韋，處西北（疑是極字，見下條）隅以司日月長短。（《大荒西經》）

北方曰鵷，來之風曰狹，是處東極隅以止日月，使無相間出沒，司其短長。（（大荒東經》）

對比可以看出，《山海經》中的「某方曰某，來風曰某」，和在甲骨文中的「四方名」以及「風名」相吻合。

如此，《山海經》中的《大荒東經》稱「東方曰析」，在甲骨文中有「東方曰析」。由東漢許慎的《說文解字》中解說道：「析，破木也，一曰折也。」《廣雅》也有：「析，折，分也。」所以知道「析」和「折」兩個字義同，並且形也相近。《山海經》中的《大荒東經》稱「來風曰俊」，在甲骨文中有「風曰協」。《說文解字》中解說道：「協，從劦十。」「劦，同力也，從三力。」又解釋說「俊，材過千人也。」古代典籍中之《禮運》疏引《辨名記》說：「十人曰選，倍選曰俊」。《堯典》中也有：「克明俊德」。鄭注說：「俊德，才兼人者。」就是說一定要同心合力，其材乃可以兼人。所以知道「協」與「俊」兩個字義可以相通，以此來推理，就可以證明《大荒東經》裏的「東方曰折，來風曰俊」，即是甲骨文中的「東方曰析，風曰協」了。

再看，《山海經》中的《大荒南經》稱「南方曰因」，在甲骨文中有「南方曰夾」。《說文解字》中解說道：「夾，持也」，這個字形，像二人相向夾一

人之形，有「夾輔「的意義，《左傳》僖公二十六年有「夾輔成王」的說法。《說文解字》又解說道：「因，就也」，《爾雅》釋詁「儴，因也」，儴通作襄，《皐陶漠》有：「贊贊襄哉」的說法，《釋文》引馬融注：「襄因也」，而「襄」字也有幫助的意義，所以說「因」和「夾」兩個字義可以相通。《大荒南經》中的「乎誇風曰乎民」，以《大荒東經》、《大荒西經》東西北這三條來看，它可能當作來風曰某。因為此一句話有誤，所以同甲骨文中的「風曰彝」不合。

又看，《山海經》中的《大荒西經》稱「有人名曰石夷」。用其它三條對比，可能是當作「西方曰夷」。甲骨文中的「西方曰彝」。「彝」「夷」字音十分相近。《大荒西經》中的「來風曰韋」，甲骨文中的「風曰韋」。所以《大荒西經》中的「有人名曰石夷，來風曰韋」也就是甲骨文中的「西方曰彝，鳳曰韋。」

最後，《山海經》中的《大荒東經》稱「北方曰宛」。甲骨文中「北方曰某」的文字雖然殘破了，但還保留有右半，字也是從「寶蓋頭」，也可能就是宛字。《大荒東經》的「來風曰狹」，在甲骨文中是「風曰役。」兩個字仔細分析下來，也是可以相通的。

現在可以證明：《山海經》中的「某方曰某，來風曰某」，完全可以和甲骨文中的「四方風名」相合。只是在甲骨文中僅僅說了「四方名某，風曰某」，而在《山海經》裏則是以四方之名作為神人，所以才能「出入風司日月之長短」，這是他們兩者的差異。

再由古代文獻中找一找，於《尚書·堯典》中有：

分命羲仲，宅隅夷，曰暘谷，寅賓出日，平秩東作，日中星鳥，以殷仲春。厥民析，鳥獸孳尾。

申命羲叔，宅南交，曰明都。平秩南訛，敬致，日永星火，以正仲夏。厥民因，鳥獸希革。

分命和仲，宅西，曰昧谷。寅餞納日，平秩西成，宵中星虛，以殷仲秋。厥民夷，鳥獸毛毨。

申命和叔，宅朔方，曰幽都。平在朔易，日短星昴，以正仲冬。厥民隩，鳥獸氄毛之。

這裏所說的「四方之民」和「鳥獸」等等，也同甲骨文中以及《山海經》中的「四方名」和「風名」相吻合，雖然其中有略不相同的地方，但是從它的轉變演化的軌跡，我們就可以明白

　　甲骨文中的「東方曰析」，在《堯典》中就說「宅隅夷厥民析」。甲骨文中的「風曰協」，在《堯典》就說由鳳皇引申而成為鳥獸，要知道甲骨文裏「鳳」的意思，是由「風」字假借而來的。「協」的意思同「力」一樣，從文字學的角度看，「同力者和也，和調也，調和陰陽，乃成交接，於是就演化為乳化交接之孳尾。所以說甲骨文中的「東方曰析，風曰協」，到了《堯典》中變成了「宅隅夷，厥民析，鳥獸孳尾」了。

　　以此類推，甲骨文中的「南方曰夾」，在《大荒南經》中就說「南方曰因」，《堯典》裏「宅南交」說「厥民因」，「因」和「夾」可以互通。甲骨文中的「風曰微」，在《堯典》就是說「鳥獸希革」，「希」和「微」字義相近。所以甲骨文中「南方曰夾，風曰微」，在《大荒南經》裏就說「南方曰因」，到了《堯典》中變成了「宅南交，厥民因，鳥獸希革」了。

　　還有，甲骨文中的「西方曰彝」；在《大荒西經》中就說「西方曰夷」。《堯典》裏「宅西，厥民夷」，《史記‧五帝本紀》中作「其民夷易」，臧琳解釋：「當是以易代夷，轉寫誤兩存之」，這樣「夷」、「易」和「彝」，都是音近的字。

　　最後，甲骨文中的「北方曰宛」，在《大荒東經》中就說「北方曰鳩」。在《堯典》裏「宅朔方」之「厥民奧」。甲骨文中的「風曰役」，《說文解字》解釋說：「役戍邊也。」《堯典》中的「鳥獸氄毛」，《漢書‧晁錯傳》有：「胡貉之地鳥獸毳毛」，毳毛就是氄毛。在《大荒東經》中有「來風曰狹」，可知上面種種都與邊區寒地有關，也就是說是可以相通的。

　　到了這裏就可以瞭解了，《堯典》中的「曰宅某方曰某者」，是沿襲了甲骨文、以及《山海經》中的「某方曰某也」。「厥民某者」，也是沿襲了甲骨文、以及《山海經》中的「四方」的名稱。「鳥獸某某」，則是由甲骨文中的「鳳曰某」訛變而來的。在甲骨文中僅為「四方名某鳳名某」，在《山海經》中文字略同，但是已經把四方之名神人化，到了《堯典》則更進一步演化為堯命羲和四子，掌管四時星曆，教導人民耕作之事，是為日後《夏小正》與《月令》的先聲。

　　像《夏小正》裏面的：「正月時有俊風」，《周語》耕籍「先時五日，瞽告有協風至」，也和甲骨文裏東方「鳳曰協」，和《大荒東經》裏東方「來風曰俊」的說法相互吻合。而俊風就一定是「協風」，由此便可以得到證明了。這些都可以做為前說的證據。是「甲骨文四方風名之足徵，又不特《大荒經》及《堯典》而已也。」

　　過去大多數學者都把《山海經》一書看作是荒誕不雅訓之言。衛聚賢曾作《山海經的研究》〔註 16〕，認爲《大荒經》是東漢時期的作品，雖然有王國維在《大荒東經》裏發現了「王亥」的名字，並且用它來印證甲骨卜辭，功勞巨大，但是人們認定這僅僅是事出偶然，還是不相信這裏頭保留有整套的史料。《堯典》又稱《帝典》，是《尙書》開首的第一篇，乃記述帝堯的事跡的古代文獻。但人所認爲是秦漢時期之書，甚者晚到是出於漢武帝時期，顧頡剛 1931 年秋作《〈堯典〉著作時代考》〔註 17〕，其中地理部分經過修改後，於 1934 年以《從地理上證今本堯典爲漢人作》〔註 18〕爲題發表，都指出「《堯典》之爲西漢人作」，絕對不會認爲在其中還包含有能早到商代武丁時期的史料。其實《堯典》這一段話的來源久遠，有殷墟甲骨文足以證明。胡厚宣據上面的考證和推論，寫下了他的名篇《甲骨文四方風名考》〔註 19〕，文中點明：「今由早期之甲骨文字，乃知此三種史料所紀四方風名，實息息相通，完全密合，豈非古史上一饒具興會之發現耶！」

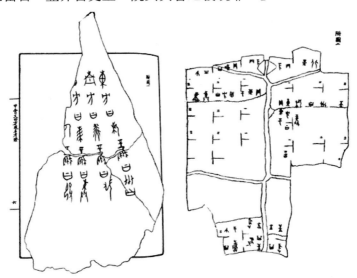

《甲骨文四方風名考證》附圖

　　至於我們今日所知道的，《堯典》一篇中，縱然摻雜有若干孟子、荀卿以後，乃至於秦的色彩，但是它其中有不少地方，也的確有遠古史料的根據。

〔註 16〕刊入《古史研究》第二集，商務印書館出版。
〔註 17〕編入燕京大學石印本《尙書研究講義》。
〔註 18〕刊《禹貢半月刊》二卷五期。
〔註 19〕刊《責善半月刊》二卷十九期，1941 年。

自然科學家竺可楨就曾根據歲差定《堯典》裏四仲中星爲周代初年的現象〔註20〕，古文字學家唐蘭又考定《堯典》中的「期三百有六旬有六日」的詞語，是和商代武丁時期卜辭中紀日法相同〔註21〕。而《山海經》，至少在《大荒經》中的「四方風名」來看，它的時期應該比《堯典》更接近於早期甲骨文也就是商代武丁時期。在《大荒經》中四方風名還與甲骨文字略同，到了《堯典》則已經開始蛻變。但是也絕不可能是東漢時期的僞書。

胡的名篇最後說：「推此四方之名，其含義已不可確知。」但是商代「武丁時之四方風，必其濫觴無疑也。」

這篇文字之補證稿曾刊《責善半月刊》二卷二十二期，改訂稿收入《甲骨學商史論叢初集》〔註22〕。爲此楊樹達先生有言：

> 甲骨諸家，能以故書雅記稽合甲文以證明古史者，寥寥不過數人，胡君厚宣其一也。盧江劉氏（體智）藏一片，所記爲四方風名，君以《尚書‧堯典》及《山海經》諸故書證合之，是其事也。昔王靜安（國維）以《楚辭》、《山海經》證王恒王亥，舉世莫不驚其創獲，及君此文出，學者又莫不驚歎，謂君能繼王君之業也。君所著又有《商史論叢》諸篇，治甲骨者莫不人手一篇矣。（楊樹達《戰後京津新獲甲骨集序》，上海群聯出版社，1954年）

正因如此，《商史論叢》在學術界引起很大反響，徐中舒先生爲《論叢》寫有一序，說：

> 余生既逢甲骨之發露，故師友間治此學者尤衆。而陳義豐長，用志專篤，翕然爲世所崇信者，則不得不推三人焉，曰海寧王靜安先生，南陽董彥堂先生，望都胡厚宣先生。此三人者，或資豐富之收藏，或與發掘之工作，凡先民之手跡，不但有墨本可據，且得摩拂其物，而較其點畫卜兆，故其所得彌爲深切，實爲甲骨學劃時期之學者焉。

又稱王靜安爲開山祖師，董彥堂爲此學之中堅，而於胡厚宣則稱：

> 若夫網羅放矢，廣徵博引，比類並觀，剖析微芒，此則今茲厚宣所正努力者也。

就在初集第一冊剛剛印出的 1942 年，《論叢》即獲得當年教育部學術審議委

〔註20〕見氏著：《論以歲差定尚書堯典四體中星之年代》，刊《科學》十一卷十二期。
〔註21〕見氏著：《卜辭時代的文學和卜辭文字》，刊《清華學報》十一卷三期。
〔註22〕成都齊魯大學國學研究所，1944年。

員會頒發的科學發明獎，學術審議委員、國立故宮博物院院長馬衡先生曾於北大時期作爲胡「金石學」課程老師，亦曾指導學生往故宮院中參觀「毛公鼎」等重器。如今老師是這樣評價的：

> 甲骨文字之研究，始於孫詒讓。取其材料以研究商史者，始於王國維、惟其時材料零亂，整理開始，篳路藍縷，僅啓萌芽、逮中央研究院正式發掘殷虛後，材料始有系統可言。又經董作賓等以科學方法，從事整理，分析時代之先後，於是史料乃可完全應用。作者擬以三數年之力，整理舊稿，寫印《甲骨學論叢》若干集，以爲商史之長編。然後以二十萬字，寫一《殷商新史》。此固爲作者之宏願，實亦現時最需要之著作、此編爲《論叢》第一集，如《卜辭下乙說》、《四方風名考證》等文，皆能有所發明，可爲不易之論也。

根據馬衡院長審查意見，說這幾篇文章，重要的是《卜辭下乙說》和《四方風名考》等文，「皆能有所發明，可爲不易之論」。胡厚宣後來回憶道，「我自己也想，主要的可能還是《四方風名考證》一文。因爲當時據『疑古學派』看來，《山海經》是僞書，有人說作於東漢時，《尚書‧堯典》亦後人所作，顧頡剛先生甚至以爲作於漢武帝時。我文中舉出《山海經》、《堯典》及其它古書中有一整套的古史資料，與殷武丁時代的甲骨文字完全相合，這當時頗引起一般學術界的重視。此後，甲骨學者談到過去的研究情況，仍不斷地有人提及此文，並有不少人對這一「四方風名」的問題還想繼續加以討論。」〔註23〕

胡厚宣此文在完成後曾有郵寄給郭沫若，郭回信很是謙虛，說「尊見當是」。四十多年過去了，在經歷了「文化大革命」的風雨之後的 1977 年，兩位已過「耳順」及「隨心所欲」之年的舊友有機會再度見面，胡告郭言，就在日本有人將其《殷契粹編》加以翻印，但取消了釋文，光印圖版，還署名「劉體智」時。郭回答說，《殷契粹編》一書，可惜沒有收那片「四方風」的刻辭。這一遺憾縈繞在他心頭幾十年了一直揮之不去。〔註24〕後胡文輝述及

〔註23〕見《我和甲骨文》，刊北京中華書局《書品》，1997 年第 1 期。
〔註24〕2009 年，另有人撰文稱「郭沫若當時並沒有看到此片甲骨，而不是以爲僞刻」，見《YH127 坑的發現對甲骨學研究的意義》，刊《甲骨文與南京》，南京出版社，2009 年 6 月；其根據的是《劉體智和他的甲骨舊藏》一文，刊《文獻》，2005 年第 4 期。後者文是稱《書契叢編》中「此頁爲空白」，也就是「根本沒有貼上這片甲骨的拓片」；但是該文作者讀到「此頁爲空白」時，相對郭見拓本時，之間至少隔了二十年——這還僅僅是由拓本劃撥之日算起，而距胡文刊出也有十餘年，這期間郭倒是沒有辯解當初沒有見到「四方風」拓片！後

胡郭觀點及二人關係時有這樣的評論，「胡氏《四方風名考證》一文舉證，以劉體智（善齋）所藏一片骨辭最爲關鍵；而此片骨辭曾爲郭沫若《殷契粹編》剔除未收，故胡文實不啻證明郭氏的疏誤。此外，胡著《殷非奴隸社會論》、《卜辭中所見之殷代農業》，亦一反郭說。不過胡氏所辨，皆據實立說，就事論事；而郭氏亦不失學者風度，以後當面承認《粹編》未收四方風卜辭爲誤。編纂《甲骨文合集》，郭氏掛名主編，在實際編務中無所作爲，然藉其政治地位，於此巨著的出版實有助力。郭氏身後，胡感念再三，非無因也。」〔註 25〕

書齋中的郭沫若

在顧頡剛身後整理出版的讀書筆記中說到，甲骨文的發現，以「王國維取以證王亥，胡厚宣取以證四方風名」的兩項成就最大〔註 26〕。馮時兄在討論甲骨文「天文曆法」（初與本書共同作爲紀念殷墟甲骨文發現一百週年的十項專題研究之一）時有這樣的論述：「殷代的四方風卜辭雖然重要，但在胡厚宣系統地整理研究之前卻未引起人們的重視。」，又說，「胡厚宣的貢獻其實

者另寫有《劉體智和他的舊藏甲骨》一文，刊 2005 年 11 月出版的《文津流觴》第十五期「金石專輯」，是稱《書契叢編》中此頁「位置上的拓片只拓了有字部分，並沒有拓出該骨的全形，加之這塊甲骨內容爲刻辭而非卜辭，也就是說骨的背面沒有施以鑽鑿的痕迹。在沒有拓全又沒有鑽鑿可作參考的情況下，給正確判斷該骨的眞僞程度上增加了難度，進而導致了郭沫若先生對該骨作出了錯誤的判斷，認爲這是一片僞刻，所以才沒有被選進《殷契粹編》的。」孰是孰非，教人無所適從了。如今郭胡先後成爲古人，這才有人出來爲未收大骨打抱不平，不過依然是「不足徵」矣。

〔註 25〕見氏著：《現代學林點將錄》。
〔註 26〕見《顧頡剛讀書筆記》，臺北：聯經出版事業公司，1990 年。

並不僅僅在於他拂去了卜辭四方風史料的千年封塵，同時還在於他對四方風含義的考釋從一開始便走上了一條正確的道路。……而且將四方風與《山海經》、《堯典》對比研究，縷析方名與風名的演變軌跡。他又以四風之名反映了四時的氣候特徵，以四風與典籍所述八風比較，對後來的研究給予了很大啓發。」〔註27〕

第五節 「神鳥生商」的深入檢討

遠在母系氏族，「民知其母，不知其父」〔註28〕，或如《春秋·公羊傳》所言「聖人皆無父，感天而生」。係因先民對人類的生育不大明白，而將母親懷孕的原因，歸結於某種神秘的物體感應，即所謂「感生」觀念。先民一般以爲母親感應某種動物而生子，所以往往崇祀某種動物作爲血緣先祖。古人認爲自己與自然界的某種動物或自然物有血緣關係，用它來作爲本氏族的族徽，把它標記在器物上或做成象形的實用器，對其加以崇拜，這便是圖騰崇拜。所謂圖騰，是一種最初的古老的宗教形式。它產生於早期氏族社會。當時人們相信某一氏族，與某一動物植物或其它自然物之間，存在著血緣關係。因而常把這些東西，稱作自己氏族的圖騰，並用它來做自己氏族的名稱。圖騰崇拜是在原始人聯合成爲早期氏族的家長式集團的時期裏產生的：這種集團由於起源於共有的女祖先，因而彼此又常常統一地結合在一起。史前圖騰的動物造型，初期一般爲原生態動物，如蠶、蟬、蟾、蛙、蛇、鳥、龜、兔、猴、熊、虎等，基本爲小型動物原形。眾多小動物圖騰，也反映了史前諸多氏族相對散居的原始狀態。待到眾多部落逐漸兼並融合成爲幾大部落後，少數幾個大型動物如鷹、犬、豕、羊、牛、馬、熊、虎、蛇等，便成爲幾大部落的圖騰。發展到三皇五帝時期，領導部落聯盟，便將現實自然存在的動物和飛禽進行抽象變形，集各種禽獸的優勢特徵於一體，融會合成超自然的龍、鳳、麒麟、玄武等形象，以作部落聯盟的新圖騰標誌。

中國古史傳說中，「炎黃」二帝是「人首蛇身」的三皇之首伏羲的兩個兒子。《國語·晉語》有，「昔少典娶於有蟜氏，生黃帝、炎帝。黃帝以姬水成，

〔註27〕 見氏著：《百年來甲骨文天文曆法研究》，北京：中國社會科學出版社，2011年12月。第五章「商代曆法」中第十二節「四方風問題」。

〔註28〕 《莊子·盜跖》。

炎帝以姜水成。成而異德，故黃帝為姬，炎帝為姜。」黃帝姓姬，炎帝姓姜，是根據二人成長地姬水、姜水而命名，但炎、黃為一母所生，可知二者由同一源頭分化而來，即「炎黃同源」。炎帝部族的一支，是以鳳（鳥）為圖騰的。這一點由炎帝之女精衛填海的傳說可知，《山海經》有，「又北二百里，曰發鳩之山，其上多柘木，有鳥焉，其狀如烏，文首，白喙，赤足，名曰精衛，其鳴自詨。是炎帝之少女，名曰女娃。女娃遊於東海，溺而不返，故為精衛，常銜西山之木石，以堙於東海。」而黃帝部族的一支，是以龍（蛇）為圖騰的，《山海經·海外西經》有，「軒轅之國……人面蛇身。」《山海經·大荒北經》有「黃帝生苗龍」。《管子·五行》說黃帝「得蒼龍而辨於東方」。《論衡·記妖》記，「昔者黃帝合鬼神於西大山之上，駕象輿六蛟龍」。《大戴禮·五帝德》載，黃帝「乘龍」。《軒轅黃帝傳》又有「黃帝作龍袞之服」。《大象列星圖》有「軒轅十七星在七星北，如龍之體」。《淮南子·天文訓》有「中央土也，其帝黃帝……其獸黃龍」。司馬遷《史記·天官書》也說「軒轅黃龍體」。炎黃大戰，最後黃帝戰勝炎帝。《史記·五帝本紀》記：黃帝者，少典之子，姓公孫，名曰軒轅。軒轅之時，神農氏世衰。諸侯相侵伐，暴虐百姓，而神農氏弗能征。於是軒轅乃習用干戈，以征不享，諸侯咸來賓從。而蚩尤最為暴，莫能伐。炎帝欲侵陵諸侯，諸侯咸歸軒轅。軒轅乃修德振兵，治五氣，藝五種，撫萬民，度四方，教熊羆貔貅貙虎，以與炎帝戰於阪泉之野。三戰，然後得其志。蚩尤作亂，不用帝命。於是黃帝乃徵師諸侯，與蚩尤戰於涿鹿之野，遂禽殺蚩尤。而諸侯咸尊軒轅為天子，代神農氏，是為黃帝。勝者的黃帝氏族將炎帝氏族以鳳（鳥）為圖騰與自己以龍（蛇）為圖騰的旗幟改造，誕生了龍鳳合體的「鳳（鳥）首龍（蛇）身」或者說「鳥首蛇身」圖騰誕生了。

生活在東方的東夷，對鳥極為崇拜。《左傳》昭公十七年載，郯子朝見昭公，昭公問東夷人祖先少皞以鳥名官是怎麼回事，曰：「我高祖少皞摯之立也，鳳鳥適至，故紀於鳥，為鳥師而鳥名：鳳鳥氏，歷正也；玄鳥氏，司分者也；伯趙氏，司至者也；青鳥氏，司啓者也；丹鳥氏，司閉者也。祝鳩氏，司徒也；且鳥鳩氏，司馬也；鳲鳩氏，司空也；爽鳩氏，司寇也；鶻鳩氏，司事也。五鳩，鳩民者也。五雉，為五工正，利器用，正度量，夷民者也。九扈，為九農工，扈民無淫者也。自顓頊以來，不能紀遠，乃紀於近。為民師而命以民事，則不能故也。」由記載可知，少皞設置了五鳥、五鳩、五雉等官職。

據考證，五鳥中鳳鳥氏，掌管曆法；玄鳥氏，掌管春分和秋分；伯趙氏，掌管夏至和冬至；青鳥氏，掌管立春和立夏；丹鳥氏，掌管立秋和立冬。五鳩氏，掌管的是社會管理機構，下設祝鳩氏，掌管土地與政教；鴡鳩氏，掌管軍事；鳲鳩氏，掌管手工業；爽鳩氏，掌管司法；鶻鳩氏，掌管氏族日常事物。說明在東夷地區存在許多以鳥命名的氏族部落。

有一種說法，商人的祖先是東夷。而關於商族人的起源，古代文獻中普遍存在著一種「玄鳥生商」的傳說。《詩經・商頌・玄鳥》說，「天命玄鳥，降而生商。」在《商頌・長發》又說，「有娀方將，帝立子生商。」《商頌》舊說是春秋初年宋大夫正考父爲讚美宋襄公而作。這是這一傳說的時代最早者。意思就是說，天帝要想立子，就命令玄鳥，降到人間，使有娀生下了契。玄鳥怎麼會使有娀生下了契呢？鄭玄說，玄鳥遺下的蛋，被有娀氏之女名叫簡狄的吞掉，因而懷孕，就生下商的始祖契來。

早期的傳說，商的始祖契，本來是「感天而生」或「無父而生」。到了戰國時代的《楚辭》，就有了變化。《楚辭・離騷》說，「望瑤臺之偃蹇兮，見有娀氏之佚女。」《離騷》又說，「鳳凰既受詒兮，恐高辛之先我。」《天問》說，「簡狄在臺嚳何宜？玄鳥致貽女何嘉。」《九章・思美人》說，「高辛之靈晟兮，遭玄鳥而致詒。」這些詩句，都是戰國時屈原所作。此時的簡狄，已經成了帝嚳之妃，而商的始祖契，就有了父親了。

傳說到了秦漢，或以簡狄乃是在行浴時吞吃鳥卵。《史記・殷本紀》說，「殷契，母曰簡狄，有娀氏之女，爲帝嚳次妃。三人行浴，見玄鳥墮其卵，簡狄取吞之，因孕生契。」《尚書中候》說，「玄鳥翔水，遺卵於流，娀簡拾吞，生契封商。」或以簡狄行浴，乃是在玄丘之水。《詩傳》說，「契母與姊妹浴於玄丘水，有燕銜卵墮之，契母得，故含之，誤吞之，即生契。」

這些記載、由簡單而複雜，不斷有所轉變。在《商頌》只不過說，「天命玄鳥，降而生商。」「有娀方將，帝立子生商。」到《呂氏春秋》居然變成了那麼美麗的一個音樂故事。《商頌》的玄鳥生商，鄭玄說成簡狄吞卵，到《列女傳》又把鳥卵的形狀，描寫爲五色甚好，所以簡狄才得而吞之。《商頌》的玄鳥，據《離騷》所指本來是鳳凰，到《呂氏春秋》以及漢人的箋注，才都說是燕。這些傳說，雖然有詳有略，逐漸演變，或有不同，但說商朝的始祖契，是由玄鳥而生，這一點，則無論如何，始終還是一致的。

契在古代文獻中又稱玄王。如《詩・商頌・長發》說，「玄王桓撥」，《國

語‧周語》說，「玄王勤商，十有四世而興，」韋昭注，「玄王；契也。」契為什麼又稱玄王呢？朱熹《詩集傳》說，「玄王，契也，或曰以玄鳥降而生也。」玄王的玄，應當是得名於「天命玄鳥」的玄鳥。玄王的意思，好像說玄鳥所生的王。

自兩漢已降，即有許多古文經學家，像毛公左氏等，極力反對契本無父的說法。從東漢王充的《論衡》，一直到清代崔述的《考信錄》，亦有許多著作，嚴辭駁斥玄鳥生商的傳說。清今文經學家皮錫瑞的《經學通論》，對這種說法，作過總的回答。皮氏以為作詩的人，是相信感生之事，相信契本無父，玄鳥生商的。他反對古文家附會解經，及王充等人的所謂科學之見。皮說「無論事之有無，而詩人所言，明以為有。」認為既要解詩，就應當承認詩人確是相信那些神話傳說的。其實這些神話傳說，說它真有其事，當然不可能；但說它荒誕無稽，完全沒有道理，恐也不妥。我們今天看來，所謂契本無父，玄鳥生商的傳說，不過是早期商族曾經母系氏族社會階段，並以玄鳥為圖騰這一殘跡的反映而已。

傳說玄鳥生商，則是早期商族崇拜鳥圖騰的遺存。早期商族以玄鳥為圖騰，便是荒誕地把這一部落的人，說成是起源於玄鳥。而商頌的傳說，又恰恰是把女祖先和鳥圖騰統一地結合起來的。

以上是古代文獻中有關商族以鳥為圖騰的神話傳說。那麼在甲骨文，這一商代的直接可靠的歷史資料中，是不是也有這樣的遺跡呢？

甲骨文中有王亥也省稱亥。王亥為殷商的始祖契的六世子孫，殷人以時命名，就從亥開始。王亥之名，亦見《山海經‧大荒東經》。《大荒東經》郭璞注引《竹書紀年》說，「殷王子亥，賓於有易而淫焉。有易之君綿臣，殺而放之。是故殷主甲微，假師於河伯，以伐有易，克之，遂殺其君綿臣也。」《今本竹書紀年》帝泄「十二年，殷侯子亥，賓於有易，有易殺而放之。十六年，殷侯微以河伯之師找有易，殺其君綿臣。」以王亥前於上甲微一世。《左傳》襄公二十一年《正義》引《世本》說，「核卒，子微立。」《史記‧殷本紀》說，「振卒，子微立。」以上甲微為王亥之子。甲骨文有：「上甲父王（鳥）亥。」說正相合。

甲骨文「亥」字，有時以鳥為其裝飾，胡厚宣研究甲骨文發現王亥的亥字，或從鳥，或從隹，隹亦即鳥，或從又持鳥，和《山海經‧大荒東經》，「有人曰王亥，兩手操鳥」之說相吻合。王亥的亥字，為什麼要加一個鳥旁呢？胡指出這是早期商族以鳥為圖騰的遺跡。

1962 年胡氏作《甲骨文商族鳥圖騰的遺跡》〔註29〕一文，被認為是繼王國維《殷卜辭中所見先公先王考》後又一篇重要的甲骨文商史論著。1977 年，胡氏再作《甲骨文所見商族鳥圖騰的新證據》〔註30〕，補充並先後舉出八片甲骨共十條卜辭，其中的「亥」字均從鳥或從隹，有些鳥形還有以手作捕捉狀，有些隹字還有裝飾符等。例如祖庚祖甲時卜辭：

　　□□卜，王，（貞）其燎於上甲父（王）亥。《甲骨文合集》24975

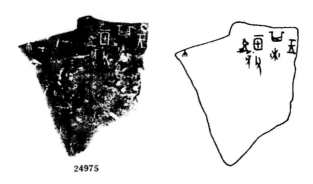

24975

這片卜辭由商王親自貞問，問燎祭上甲的父親王亥之事。卜辭中王亥之「亥」字，上冠以鳥形，說明王亥與鳥的關係，又說王亥是上甲之父，為王亥與上甲之間的世系關係提供了確鑿的證明。

又廩辛時卜辭：

其告於高祖王亥，三牛。

……其五牛。《合集》30447

〔註29〕刊《歷史論叢》第一輯，北京：中華書局。
〔註30〕刊《文物》第 2 期。

　　這片卜辭中有兩問，先是告祭於高祖王亥使用三頭牛好嗎？再問還是用五頭牛好呢？卜辭中王亥的「亥」字，不僅從鳥，而且鳥頭上還有作捉捕狀的一隻手。這正是《山海經·大荒東經》「有人曰王亥，兩手操鳥，方食其頭」的形象寫照。

　　武乙時卜辭：

　　辛巳卜，貞：王亥、上甲即於河。

　　（辛）巳卜，（貞）王上甲（亥）即於河。《合集》34294

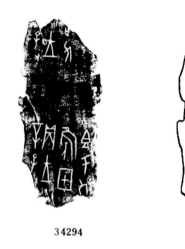

34294

　　這片卜辭中有兩條刻辭，都是於辛酉日卜問的，第一條問在先公河的宗廟裏同時祭祀先公王亥、上甲可以嗎？第二條殘字較多，應該也是問在先公河的宗廟裏同時祭祀先公王亥的。卜辭中王亥的「亥」字，從隹，隹即鳥。

　　又康丁時卜辭：

　　又伐五羌（於）王亥。《合集》22152

四羊、四豕、五羌（於王）亥。《合集》30448

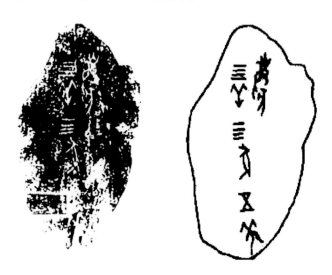

　　這兩條卜辭都是關於祭祀王亥用牲之事。「亥」字所從之隹（鳥）頭上有裝飾，而「隹」即鳥。

　　商朝人為什麼要把鳥圖騰的符號，加在王亥的名字上呢？胡認為首先就因他是上甲的父親。商代以日為名的祖先，可以分為兩個段落。自上甲微至示癸，這前一段，為先公時期。自大乙湯至帝辛紂，這後一段，為先王時期。其實，世系可靠的，不過是後一段自大乙至帝辛的三十一王。大乙以前的一段，從上甲至示癸，其先公世系以及生卒年日，在大乙時已不可知，定祀典時不得已，乃用十干的次序，具以假定的追名。王國維說，「據此次序，則首甲次乙次丙次丁，而終於主癸，與十日之次全同。疑商人以日為名號，乃成湯以後之事。其先世諸公生卒之日，至湯有天下後定祀典名號時，已不可知。乃即用十日之次序以追名之。故先公之次，乃適與十日之次同。否則不應如此巧合也。」〔註31〕而上甲者，實為這前一段先公的第一位。天有十日，甲為其首。上甲是商代先公先王中第一個以日為名的人。皇甫謐說，「商家生子，以日為名，蓋自微始。」因而上甲微是一個極被重視的先公。

　　甲骨文中凡合祭先公先王的，常常是從上甲開始。甲骨文中，祭祀先公的配偶的，在上甲以下，惟有示壬配妣庚，示癸配妣甲。上甲以上，除河之外，其祭先公的配偶者，推王亥一人而已。

〔註31〕見《殷卜辭中所見先公先王續考》，《觀堂集林》卷九。

　　早期甲骨文又有祭祀羊鳥的卜辭，羊或讀作祥，祥鳥就如《史記·殷本紀》「祖己嘉武丁以雊爲德」的祥雊，就是吉祥的鳥。

　　古人是相信鳳爲神鳥的。《説文》「鳳，神鳥也。」所以古代文獻中，又常以鳳鳥的來臨，爲莫大的祥瑞。

　　爲什麼商朝人要以鳳雊羊鳥爲神鳥，而給以隆重的祭祀；以鳳爲帝史，而玄鳥生商，爲天帝所命；胡文認爲這也和早期商族以鳥爲圖騰是有關的。商朝人認爲鳳本帝使，自己的始祖，是天命鳳降下而生的。因而在商朝人的心目中，鳳就成了神鳥。不但神鳥，而且還要崇拜天上的鳥星，祭以隆重的典禮。這些也都是早期商族鳥圖騰崇拜的一些殘跡的遺留。

　　甲骨文中王亥之亥上從鳥，被胡文考證出來，那是商族人以鳥爲圖騰的確鑿證據。

　　對於甲骨文中王亥的確認，羅琨寫有《殷卜辭中高祖王亥史蹟尋繹》〔註32〕一文，首先回顧了自甲骨文發現以來由王國維的《先公先王考》經顧頡剛作《周易爻辭中的故事》〔註33〕再有吳其昌《卜辭所見殷先公先王三續考》〔註34〕到陳夢家的《殷虛卜辭綜述》，最後是胡厚宣《商族鳥圖騰的遺跡》，幾代學人的不倦探索，從而使得商人先祖中季——王亥、王恒——上甲這段譜系得到確證；又由卜辭祭祀看，河、嶽已從傳説的自然神演化而成高祖，而王亥在商人先公中佔有重要地位。而隨著《甲骨文合集》、《小屯南地甲骨》和《英國所藏甲骨》等著錄著作的陸續面世，王亥的資料大大集中，其在商人先公中的位置也越發清晰了。羅文洋洋灑灑，算是給商史中的王亥作了一個總結。

　　在古代文獻的神話傳説中，還保存著好多關於王亥牧牛的故事。古本《竹書紀年》，記載王亥牧牛，會和有易之君發生爭執，結果王亥被有易之君縣臣所殺，後來王亥的兒子上甲微，才假借河伯的軍隊，以滅有易，並殺掉綿臣。原文已見前引。《山海經·大荒東經》說，「王亥託於有易，河伯僕牛。有易殺王亥，取僕牛。」羅文最後進一步由王亥被害於有易的故事說明商人已不是單純的「族」，此時「國家」已經產生了。

　　此外，商代青銅器有「玄鳥婦壺」，是金文中商人鳥圖騰的證據。〔註35〕

〔註32〕刊張永山主編：《胡厚宣先生紀念文集》，北京：科學出版社，1998年11月。
〔註33〕刊《古史辨》，第三冊。
〔註34〕刊《燕京學報》，第十四期，1933年12月。
〔註35〕見于省吾：《略論圖騰與宗教起源和夏商圖騰》，《歷史研究》，1959年11期。

殷商青銅器上的鳥紋

再早，於良渚文化玉器上、陶器上亦屢屢發現鳥的形象。在卞家山遺址出土的一件彩繪漆器、似為器蓋殘片之上，就保存有著兩個比較完整的抽象鳥紋。鳥紋繪在暗紅色的漆底上，以朱紅線條勾勒，局部填以黑色。雖然良渚文化中藝術化的動物形象並不僅限於鳥，但沒有哪種動物象鳥一樣，被賦予如此多樣化的形象。

卞家山遺址出土的漆器蓋殘件

第六節　「上帝」「天神」和「祖乙」求證

遠古時期的人類，擡頭向上，面朝青天白日，觀金烏才墜，玉兔又升，經春夏秋冬，四季變換，看風雨雷電，萬物生長，認為人類以及萬物所以生存，都是老天爺所賜，由此逐漸產生了對於上天的崇拜。

這種對天神的崇拜，不光在中國的古代，而且在世界各地的民族中，不但分佈廣，且又持續久遠。摩爾（Q.F.Moore）在《宗教的出生與長成》〔註36〕中第三章《群神的出現》講到以古時各國神名及其所遺留的廟宇為證，並舉早期亞利安諸民族所居之地，幾乎沒有一處對天以及天空中的自然現象加以祈禱，所以亞利安人共同奉持的宗教，就以此為中心。蒙鄂爾人，也以天為一大神明。對天空眾星的崇拜，像古代秘魯人相信他們的王是太陽之子，在古代墨西哥有殺人祭日之事。而「黑足印第安人」（Blackfeet Indian）每年都有祝日太陽舞。在東方的印度，婆羅門教以日為諸神中最有光耀之神。在古波斯故事中也有日神米突拉（Milhia），對它的崇拜一直傳到羅馬及英格蘭。古希臘人與古羅馬人都有日神，前者名為希利奧斯（Jlelisa），後者名為所耳（Sal），也都曾為它設立廟宇來祭祀。古埃及日神名拉為（Rah）是最高、最受崇拜的神。在英倫三島上曾有大石柱豎立用以祭祀太陽，又有祭壇以祭祀月神和地神，英語裏星期中有日曜日（Sunday）月曜日（monday），也都是來源於保存了這種信仰。在中非洲的土著人及南美洲的土著人都崇拜月神。古代以色列人每看到新月，便在山頭舉烽火迎接。至於對眾星的信仰，古希臘的舟人，一定要等到金牛宮的七曜星（Pliadel）出現才敢開船出海。在南部非洲的祖魯人（Eulua）又叫它為掘星，也要等它出來，才能開始掘地。古迦勒底人與希伯來人同樣都以星球為神靈的所在，所以它能放出光明。在世界許多地方，星星又被信為能制定人類一生命運的神，隕星之所以可怕，是因為它兆示災禍將要來臨。〔註37〕

那麼我們中國遠古時期的人類對於天神的信仰怎麼樣呢？過去由於文獻不足，很難得知。自從甲骨文──這一目前為止中國已發現的最古的史料被辨認出來以後，才有了新的證據。

武丁時的甲骨文中占卜「帝」的卜辭不少，其實就是商代人的天神。

〔註36〕江紹原譯，商務印書館。

〔註37〕看林惠祥：《文化人類學》，商務印書館「大學叢書」，第五篇《原始宗教》的第二章《自然崇拜》。

　　「帝」字本義近代學人如王國維、郭沫若等都認爲「帝」字的本義爲花蒂，即植物的子房。華夏文明是在植物文化的歷史背景下孳生發育的，華族稱謂本身，就保存著原始植物崇拜的文化信息。華、花在甲骨文中是同一字，便是證明。

　　原始時期的人們爲什麼將天上的至上神稱爲「上帝」呢？原來「帝」字在古人的語言中，是指萬物之本原與根底。漢語中一些古音與「帝」字相近者，如：蒂、柢、底、滴、胎、始等，都有來源與根基的意思。古代人對在上之物稱作「天」，對生育萬物者稱爲「帝」。因此「天地」的意思，就是表示「天」是萬物所由產生的根本和始祖。

　　黃帝是中國上古時代的一個神話人物，他的原型，可能是一位才智過人的部落酋長。黃帝所在的部落髮源於陝西省北部渭水上游的一條支流——姬水，他們由於人口不斷增多而逐漸向東北方向遷徙，最後打敗了一些別的原始部落，如炎帝族和蚩尤族，占據了中原地區，成爲中華民族的一個主要來源。由於黃帝在中國文化發展史上的偉大貢獻，直到今天，黃帝一直被尊爲中華民族的始祖。黃帝的形象在秦漢時期就被神秘化，方士們以黃帝爲核心，編造出了許多神仙故事，以宣揚神仙之說。於是將這位統管天下的上帝，改造成了一個煉丹修道的神仙。正是在黃帝的道教化的過程中，孕育出了後來的「玉皇大帝」形象。

　　商人的上帝就是商人的至上神，是商人把祖先神和自然神結合在一起的主神。作爲祖先神，商人的上帝就是帝嚳——就是商人的高祖。而作爲自然神，帝權是和日月神崇拜結合在一起的，上帝統治著風、雨、雲、雷等天神。祖宗神和自然神的結合是商代帝權的特徵。甲骨文有：

　　今二月帝不令雨。(《合集》14134)

　　帝唯癸其雨。(《合集》14154)

　　帝令雨足年。

　　帝令雨弗其足年。(《合集》10139)

　　貞今三月帝令多雨。(《合集》14136)

　　令就是命令，上天降雨的事，也是由帝來掌管，所以說「帝令雨」。甲骨文中上帝與祖先神、自然神之間有明確的上下關係。甲骨文中的自然神都要聽從帝或者上帝的命令和指揮。墨子曾把鬼神分做三類，即：天鬼、地鬼、

人鬼。他說：「古之今之為鬼，非他也。有天鬼，亦有山水鬼神者，亦有人死而為鬼神者。」〔註38〕甲骨文中的自然神有風、雨、雷、電、雲等，依墨子的分類，這些自然現象都應該是天鬼。甲骨文中「風」就是「帝」的使者，如甲骨文中有：「於帝史風，二犬」（《合集》14225）。商代能夠分辨四方風，而且四方風神都有名。甲骨文中有：「帝史風」（《合集》14225）「帝云「（《合集》14227）說明風、雲都聽從帝的召喚。此外，還有帝「令雨」，「令多雨」（《合集》900正）和「令雷」（《合集》14127正）。

這位日理萬機的「帝」，掌管著千頭萬緒的事情，當然需要像人間的「王」一樣，要有一個供他役使的官僚系統，在甲骨文裏面就有：「帝正」（《合集》36171），「帝史」（《合集》35931），「帝臣」（《合集》14223），「帝五臣」（《合集》30391），「帝五臣正」（《合集》30391），「帝五介臣」（《合集》34148），「帝宗正」（《合集》38230）等。

人類的豐年收穫等事，是賴以生存的糧食所在，而「令雨」，「降旱」，「受年」，「不受年」，都是帝的事，而人之所以生，也是上天所賜。帝能「降若」，「降不若」，「受祐」，「降災」，總之又是人間禍福的主宰。所以它神權特大，威力無比。但萬一雨年不好，則寧可認為是先祖作祟，而不能怪罪於帝天。甲骨文武丁時卜辭有：

唯王亥耂雨，

唯亡耂。（《合集》32064）

因為帝高居在天上，所以又稱「上」。武丁時卜辭中有成語：稱「下上若」，比如：

□酉卜，王正舌方，下上若，受我又。（《合集》6322）

同時隨著社會的進化，神權也漸漸沒落了，而王權卻漸漸地擴張，人王於是可以稱帝了，如廩辛、康丁時期的甲骨文就稱祖甲為帝甲：

□酉卜，買，□帝甲方其牢。（《合集》27438）

進入廩辛、康丁的時候，又發展到自稱為帝，甲骨文有：

貞五鼓上帝若，王□又又。（《合集》30388）

最後帝乙、帝辛時，便乾脆稱：

上帝。（《合集》24979）

〔註38〕見《墨子·明鬼下》。

「上帝」

　　就是說上帝是在天之帝，帝在人間之帝。

　　甲骨文中常見有卜問殷商先王「賓於帝」的卜辭，這種先祖是當今的商王向帝表達企望的中介。胡厚宣在《殷卜辭中的上帝和王帝》（下）中有詳盡論述。〔註39〕

　　武丁時期的甲骨文中也屢屢見到星名，也有僅稱星的：

　　其□□星。（《合集》40206）

　　□□星。（《合集》11491）

「星」

　　也還有稱作大星的。

　　過去孫詒讓《名原》上卷三頁解釋說：「晶即星本字，象其小而眾。原始象形當作品（象形）。」後來楊樹達作《釋晶》〔註40〕，認爲孫說正確，而且

〔註39〕刊《歷史研究》1959年第10期。

〔註40〕見所著：《語言學論文十八臣》刊《清華學報》十一卷三期。

更舉出五條證據加以說明。郭沫若也持有相同的觀點〔註41〕。星字的原始字本當作品（象形），像眾星之形。也有的像眾星星精光閃灼的象形。以後星字由象形字變爲形聲字，於是加上了「生」。所謂「大星」，大約是武乙、文丁時「大歲」的別稱，諸多的星星中以「歲星」爲最大，所以稱大歲也省略稱爲大星。

甲骨文中又屢屢見到祭星的卜辭，也有稱祭星，還有稱祭大星及火的。大星和火都是星的名字。古籍中常見有「火」，多是說「商主大火」。如《左傳》襄公九年「陶唐氏之火正閼伯居商丘，祀大火而火紀時焉。相土因之，故商主大火。」又昭公元年「昔高辛氏有二子，伯曰閼伯，季曰實沈，居於曠林不相能也。日尋干戈，以相征討，後帝不臧，遷閼伯於商丘，主辰。商人是因，故辰爲商星。」《國語・晉語》四「晉之始封也，歲在大火閼伯之星也，實紀商人。」又說「君子之行也，歲在大火，閼伯之星也，是謂大辰。」

甲骨文中還有祭鳥星的卜辭：

丙申卜，㲋，貞來乙巳酒下乙。王占曰：酒隹有祟，其有㲋。乙巳酒，明，雨，伐，既，雨，咸伐，亦雨，改卯鳥星。乙巳夕，有㲋於西。（《合集》11498 正反）

「鳥星」

所謂鳥星，大概就是《尚書・堯典》裏「日中星鳥以殷仲春」，之中的星鳥。前面講過，自然科學家竺可楨曾根據測驗的結果，說明《堯典》所記的四中星，是周朝初年的現象〔註42〕。現在有了甲骨文的記載，知道鳥星之名，

〔註41〕見所著：《卜辭通纂考釋》第四二九片。

〔註42〕見所著《論以歲差定尚書堯典四仲中星之年代》，刊《科學》十一卷十二期。

是自從商代的高宗武丁時即已有了。「鳥星者，南方七宿也。」〔註43〕郭沫若在《甲骨文字研究・釋支干》裏以爲，二十八宿的説法最早成立於公元前三、四世紀的甘石二氏之時，但是我們知道它的來源至少應該在甲骨文的時代了。

由甲骨文中可以得知，商代人已有至上天神的觀念，武丁時卜辭名爲帝，因他高居在天，所以也稱上及上子。到了廩辛、康丁以後，又稱上帝直到帝乙、帝辛時爲止。由武丁時甲骨文看，舉是人間雨水的多少，年收的好壞，征戰的勝敗，禍福的來臨，都是由帝主持。因爲它的神權至高無上。

甲骨文中祭日的記載，始見於祖庚、祖甲時，至帝乙、帝辛時尚有，而以廩辛、康丁時所見爲最多，有賓日，有既日，日出日入都有祭。

武丁時甲骨文中屢見星名，又有大星火星的記載，武乙、文丁時又祭大星，可見商代人對於星神的崇拜。又武丁時期的商星、鳥星也許就是《堯典》裏的「日中星鳥」。由武丁時之火星知春秋以來商代人主火之説，實有來歷。由武丁時的大星，武丁、文丁時的大歲知道近世學人所説歲星之名起於公元前三四世紀之説都是不對的。

甲骨文中有商代人求年祈雨的記載，然而降雨者是屬於上帝的，且以帝禮祭之。

武丁甲骨文時每在「王佔有祟」之後，隨記虹出，因爲商代人以虹爲神異，所以虹出就以爲是不祥之兆。後世關於虹霓的傳説，如以虹爲神蟲，常好飲水，虹出應驗災亂之事，都和甲骨文相合，知道它並不是沒有來歷的虛構。

甲骨文又常見大風爲患的記載，祭風用犬，這與《爾雅》中「祭風曰磔」之説相符合。又有「帝使風」之説，還有「帝風」，因爲風神也屬於上帝，所以要以帝禮來祭。

商代的天神，我們今日所能見到的材料，應該是中華民族最早的信仰。

商代甲骨文中有一個常見到的祖先名，那就是「下乙」。過去曾有以爲是地名的，胡厚宣作《卜辭下乙説》，綜合甲骨卜辭，定其時代，最後得出結論，文中「不特證下乙當爲人名，且考訂下乙即祖乙。甲骨文有：

癸卯卜，爭，貞下乙其屮鼎，王占曰，屮鼎隹大示，王亥亦豈。（《合集》11499）

「下乙」

　　祖乙在甲骨文中又稱「中宗祖乙」或「中宗」，在殷先祖中，實占一極其重要之地位。可破近人以下乙爲地名之非。」〔註44〕而由甲骨文中對祖乙的祭祀之隆，知亦當與上甲、大乙相當。

　　甲骨文中王亥之「亥」字上從鳥形，被考證出是商人以鳥爲圖騰的確鑿證據。甲骨文上還有動物作猿形，董作賓稱之「人猿圖」，甲骨上除「甲子」兩字外，有一母猿，尚有一長毛似犬豕之物，再下是有「臼虎」字，再下面是矢、鳥、右是長頸獸，目上有花紋，有大耳、大嘴，只可惜甲骨文殘缺，不知是什麼動物，也不明白是什麼意思。〔註45〕

「人猿圖」——《甲骨文合集》第 35269 片照片、拓本、摹本

〔註44〕見氏著：《卜辭下乙說》，收入《甲骨學商史論叢》初集第三冊，成都齊魯大學國學研究所，1944 年。

〔註45〕見氏著：《殷虛文字中之「人猿圖」》，刊《中國文字》第二期，1961 年；收入《董作賓先生全集》乙編第五冊，臺灣：藝文印書館，1977 年。

第五章　自唱新詞送歲華，多少事欲說還休——神話研究的歷史回顧

第一節　神話研究的發展階段

　　對古代神話的研究在中國同樣有著悠久的歷史，遠在戰國時代的諸子百家，在他們的一些著作中就已有所體現，到了秦漢時期的一些史學及經學著作的研究成就，可以看到中國古代神話學的文化品格，典型地體現出對史學，經學，文學等人文學科的依附。而這種依附性一直沿襲了千百年，形成中國古代神話學的重要傳統。至二十世紀初期，中國社會格局發生了重大的變化，新文化運動興起，在海外學術理論的影響下，國內具有現代科學意義的神話學也逐漸形成，慢慢地打破傳統的神話研究依附於史學，經學，文學等人文學科的局面。特別是「五四」以後，受科學與民主思想的薰陶，現代神話學日益成為啓迪大眾的新文化事業的一部分。再經過三四十年代學術的深入探討，中國的神話學研究終於完成了現代科學意義的理論體系的構造。到了二十世紀八十年代的中後期，中國神話研究更形成一股空前的熱潮。

　　以全球觀點來看，神話作為科學研究的對象，可以上溯到十七世紀，甚至更早。在世界近代思想文化史上影響巨大的意大利哲學家、語文學家、美學家和法學家維柯（Giovanni Battista Vico，1668～1744），在其著名代表作《新科學》中「發現了眞正的荷馬」，並以古代希臘社會研究的成果來考察荷馬及其史詩創作，從而開創了把文學作品與時代背景、作者生平結合起來研究的方法。維柯《新科學》的出版標誌著歷史哲學的誕生。維柯的歷史哲學蘊含

了歷史哲學的所有問題：把整個人類歷史劃分爲神的時代、英雄時代和凡人時代，預示了赫爾德、黑格爾和孔德的歷史哲學；理性詩人的眞正本質，由於人來激情的自由發揮，歷史才逐漸克服了野蠻，最終實現人道主義和文明，這樣的觀點在伏爾泰、赫爾德、席勒等啓蒙哲學家那裏都可以看到。到了十九世紀初期，格林兄弟將語言學研究中的歷史比較的研究方法運用到神話的研究，從而創立了有深遠影響的神話學派。他們的理論大大地推動了歐洲的神話學。十九世紀末至二十世紀初，歐洲神話學達到鼎盛，眾說紛紜而學派林立，這其中也涉及到東方的中國的神話問題。

如果以希臘、印度等地的神話爲參照物，那麼中國的神話確實有一些不同於這些地區的神話的特徵。中國的神話在內容構成上有自己的特點。

第一個特點是自然神話的缺少：由現存古文獻看，中國最典型的自然神話只有燭龍、燭陰神話及伏羲神話、盤古開天闢地等。一些公認的自然神話如羲和「生十日」及常羲「生月十有二」等，很有可能是對十干紀日及十二月紀年的曆法制度的神話性說明，由根本上說，是屬於人文神話而非自然神話。而另外一些解釋自然現象的神話都是以聖君及英雄爲主角，以表現他們的非凡事跡爲目的，對於自然現象的解釋並不是其主要職能。從這些神話中可以看出，只有在自然界出現嚴重災害的情況下，自然才成爲神話關注的對象。與西方神話相比，中國神話這種現象是特殊的。此外，自然神話在古代文獻中出現的年代相對較晚。如女媧補天神話始見於《山海經》及《楚辭·天問》，很有可能是戰國時期才開始流行，而盤古開天地的神話是晚到三國時期徐整的《三五歷紀》才見記載。

中國神話在內容構成上的第二個特點是天災神話特別豐富：以中國古代的一些最重要的神話爲例，「女媧補天」屬於洪水神話，「共工觸不周山」是對洪水成因的進一步說明，「后羿射日」是講的旱災神話，以「十日並出」解釋旱災形成的原因，而「夸父逐日」同樣又是一個旱災神話，「夸父」在《山海經》裏同時又是「旱魃」，此一神話是在說明黃河、渭水水位急劇下隱的原因。古代先民將這一原因歸結於夸父將河、渭之水喝幹。而有關英雄明君的人文神話又往往與對水旱兩災的治理密切相關。鯀禹治水神話即是如此，即便是炎黃大戰與蚩黃大戰的原因也與水旱災害相關。由於水旱災害迫使一些受災地區的部落向外遷徙，從而與當地的原有部落爭奪生產與生活資源，由此產生了那些對中國歷史影響深遠的戰事。

　　中國神話在內容構成上的第三個特點是人文神話相對豐富：除了明君賢臣的英雄事跡之外，中國的人文神話還有兩類佔有相當大的比重，首先是以感生情節爲核心的始祖神話，其次就是仙道神話。中國神話中的始祖神話異常豐富，它們以姓族爲單位，華夏集團大部分姓族如夏、商、周、秦、楚都有自己的始祖神話，而東夷、苗蠻、戎狄等尚未融入華夏集團的部落也有著自己的始祖神話。這些個始祖神話，尤其以華夏集團的始祖神話爲代表，往往都有一個核心情節，就是感生。這些仙道神話的主要內容，是對於神仙的事跡和對於長生不老的追求。始祖神話和英雄神話以及仙道神話這三者加起來，數量幾乎占據了中國神話的絕大部分。可見中國神話就總體而言並不稀少，那些所謂「中國神話缺少」的觀點，應該是指自然神話範圍內了吧。

　　中國的神話之所以有那麼多的氏族起源與天災神話，因爲中國神話產生時期已經由從狩獵階段進入到農耕階段。對於農業社會，天災是對人類的巨大威害，不僅威脅人的生存，而且會引發部落間爲爭奪資源的戰事。在這一過程中，率領部族戰勝天災的首領會又得到部落的稱頌而成爲先民心中的英雄甚至神靈，這恐怕也是中國古代災害神話豐富的原因。

　　中國的現代神話研究發軔於二十世紀初期，這一神話學科形成的標誌，是同二十世紀二十年代幾位關鍵人物的著述相關。

　　早在 1903 年，留學東瀛的蔣觀雲在梁啓超爲宣傳新學而創辦的《新民叢報》上發表《神化歷史養成之人物》，可以算作是中國的第一篇關於神話學的論文。在這以後，包括王國維、梁啓超、章太炎、夏曾佑、魯迅、周作人等一批文化名人，相繼把「神話」作爲啓蒙的新工具，引入到文學和史學研究等領域。

　　「五四」時期，新文化運動興起，神話作爲民族文化傳統中極富生命力的資料，受到了人們的普遍關注。對中國神話資料的發掘，首先也就從整理豐富的文獻資料而展開。1905 年，夏曾佑作《中國歷史教科書》〔註1〕，其中明確指出：「中國自黃帝以上，包羲女媧神農諸帝，其人之形象，事業，年壽，皆在半人半神之間，皆神話也。」1920 年以後，魯迅在《中國小說史略》（1920～1924）第二篇《神化與傳說》，以及《中國小說的歷史的變遷》（1924 年）中的「從神話到神仙傳」章節，集中談到中國的古代神話。將中國神話納入了中國文學的系統，並對其起源、發展、演變、分期等問題作出系統闡釋的第一人。從而確立了中國神話研究的文學一脈。

〔註 1〕後改名《中國古代史》。

魯迅（周樹人）

　　談到中國現代的神話學，特別應該指出的是茅盾，他可以說是中國民族神話學的奠基人。19252 年 1 月，茅盾的第一篇中國神話論文《中國神話研究》，在《小說月報》刊出，是其運用歐洲人類學派的神話理論來解決中國神話問題的首次嘗試。1929 年茅盾作《中國神話研究 ABC》（筆名：玄珠）〔註 2〕，是其最為全面研究中國神話的專著，書中對中國神話的資料進行了系統的清理。作者在是書序中對本書表示了相當的自信與期待。此後，直至抗日戰爭前夕，許多學者從各種角度對中國神話進行了整理，其中有陳夢家的《商代的神話與巫術》、黃芝崗的《中國的水神》、鄭德坤《〈山海經〉及其神話》等，都取得了相當的成就。另外，以顧頡剛為代表的古史辨學派對中國典籍中的神話也進行了口誅加筆伐、辨析與考證，疑古思潮的「層累造成」的學說對神話研究的影響也是不可小視的。

茅盾（沈雁冰）

〔註 2〕上海世界書局，1929 年 1 月出版。

　　二十世紀三、四十年代，中國神話研究在典籍研究及田野調查方面都有所深入開展。

　　抗戰軍興，國民政府內遷大西南，而中國的神話研究，其資料發掘工作的方向也隨之發生了一個大的轉折，由單純的文獻研究轉向了田野作業。由於日寇的侵華，當時一些著名的大學和研究機構爲了躲避戰火，也先後遷移到西南地區，從而使得過去久坐書齋的學者如今有了較多的機會接觸到西南少數民族的生活和文化。學者們通過田野作業，發現並記錄和保存下來一些尚處在文字發生前的社會階段的少數民族的神話，這些珍貴資料的發現，對中國神話學的研究是一個大的擴展，研究的水平又上升到了一個新的高度。這其中就有芮逸夫的《苗族的洪水故事與伏羲女媧的傳說》，芮逸夫與凌純聲的《湘西苗族調查報告》，凌純聲的《佘民圖騰文化的研究》，馬長壽的《苗瑤之起源神話》，此外還有吳澤霖，陳國均，陶雲逵，以及馬學良等人對西南少數民族的調查報告，它們當中均包含有研究中國古代神話的寶貴資料。

　　從二十世紀五十年代到六十年代的中期，由於國家民族工作的需要、特別是對民族鑒別的工作需要，全國各個少數民族地區都開展了社會與文化的普查，調查當中也收集到了許多鮮爲人知的神話，包括一些口頭流傳的神話。這一時期無論是在實施田野作業的地區上，還是在參加調查的人數上，還是在搜集到的古代神話資料的數量上，都遠非二三十年前的三十年代至四時年代可以相比。其中一些少數民族比較集中的地區，像雲南、貴州、廣西等省市，搜集到並出版的民間文學資料就多達幾十種、甚至上百種之多，這其中又包含有不少古代神話的資料。進入到二十世紀八十年代以後，對於中國神話資料的搜集和整理的工作又是一次新的高潮，這一次集中表現爲編輯全國各省的《中國民間故事集成》，在各地文化部門和民間藝術學專家的指導之下，開展對全國各地進行拉網似的普查、搜集、整理，最後出版了上千本各地民間故事集成的資料本。根據二十餘年前，1990 年的統計，已經搜集整理出版的民間故事多達一百八十三萬篇，而這裏面便又有大量的神話傳說被發現、保存、記錄了下來。

　　神話研究專家學者對中國古籍中的神話資料的整理工作，在近五十年中也達到了相當的水平，這其中的成績突出的是居住在四川一地的袁珂，他數十年如一日地進行中國古代神話資料的整理、校勘和編輯工作，出版有多種著作，像《中國古代神話》,《中國神話傳說詞典》,《中國神話史》,《山海經校注》等等。

　　回顧二十世紀對中國古代神話資料的發掘、整理和研究，可以這樣認爲，人們對於神話產生的興趣，對神話研究資料整理投入的人力和物力，神話研究取得的成績，都是過去所無法能與之相比的。這裏邊一個最重要的原因當然是與中國的整個社會文化背景有關。在二十世紀內，中國由一個半殖民地半封建社會正在逐步向現代化的社會轉變，在這個大環境中，中國的國家民族面臨著歷史的挑戰，用神話這個「根」可以來凝聚整個民族的精神。

　　首先，中國神話研究在現代神話學的建設中，自覺地與啓迪民智者這一光榮使命相結合，形成了可貴的科學傳統，至今仍然在不斷地被發揚光大，使現代神話學在民族的解放與發展中不斷獲得騰飛的契機。其次，域外學術思想和方法的引入，使得神話研究具有現代科學意義，從根本上改變了神話研究對傳統人文學科的附庸，使它具有了獨立的學術品格。近代以來海外學術思想和方法的引入，打破了「六經皆史」的學術思維方式，給人耳目一新的感覺。它主要表現爲社會學，人類學，民俗學等學科的翻譯介紹，我們不能說中國學者對這些學科的引入就是建立現代神話學的自覺行爲，但他們確實是在這些學科理論的引入實踐中，促成了中國現代神話學理論體系的築構。第三，在中國史學研究的發展中，一批歷史學家出於對神話的關注和探索，一方面作了對有益的神話內容的定位和梳理，清理，另一方面使神話研究在微觀上取得了突出成就。如疑古的「古史辨學派」以及徐旭生，鄭德坤，馮承均，衛聚賢，陳夢家，呂思勉，孫作雲等一批歷史學家，他們的論述他們的神話研究爲中國現代神話學的發展奠定了堅實的根基，而早在「古史辨學派」之前就有夏曾佑等學者提出春秋之前爲「傳疑時代」。第四，西南地區在二十世紀四十年代形成了神話研究的新潮，學者們的努力使中國神話學的理論大廈矗立起來。這是中國神化研究史上一個異常重要的歷史階段，在這個新潮中湧現出芮逸夫、凌純聲、吳澤霖、楚圖南、常任俠、聞一多、馬長壽、陳國鈞、馬學良、岑家梧等又一批卓越的民族學家，社會學家，歷史學家，人類學家，神話學家，美術史學家和文學研究專家，他們的思想和方法，都深刻地影響到後世。今天的許多學者仍堅持著他們的研究方法而不斷有所重要成果面世。尤其是聞一多和凌純聲兩位學者它們分別作爲文學家和民族學家的典型，共同將視野投向少數民族神化，一個在伏羲與葫蘆的命題上得到突破，一個在苗族，彝族等民族的文化生活的研究上取得突破，對後世學者具有重要的典範意義，並由此共同開闢了一個新時代。

在這種學術傳統的影響下，一九四九年以後，尤其是二十世紀末的新時期以來，許多重要的神話研究成果依據於田野作業的發現爲世所矚目。這些成果的出現絕非偶然。中華民族是具有悠久歷史的民族，而且還有著無比燦爛的神話文化，中國的學者在神話研究領域已經進行了多年的開拓探索，當然，更重要的是時代爲神話研究提供了發展的契機。

中國神話的歷史可以分作如下幾個時期：

發生和形成時期，由遠古至西周時代。早在新石器時代，各個族群的自然崇拜和圖騰崇拜就已發生，在岩畫、彩陶、玉器和銅器的紋飾上即可看出端倪。許多日後的神話，像金烏玉兔、龍鳳鬼神，昊天上帝、天神地祇均已誕生。西周時代建立的神鬼體系，是中國古代神話的第一次整理，也是一次統一。這些神系，一直持續到晚清。

擴展與聚合時期，由東周至秦漢時代。周室衰敗，六國文化發展，至秦統一，此消彼長。三皇五帝成爲祖先，西周的天神地祇，神鬼體系再得強化。

新發展與新體系，由三國至隋唐時代。新神話生長，仙道與佛教神話露面。五帝神話與儒家神系同新興神祇，正統與異端發生衝突。

新體系與新要素，由宋元至明清時代。玉皇大帝成爲中國後期神話的核心。各民族神話在不同空間傳播。這是中國神話最富創造力的時期，中國民族神話全面形成。

二十世紀則是中國現代神話學由草創到展開以至走向初具規模的時期，現代中國神話學發展至今，經歷了如下幾個階段：

1903～1923 年是萌芽時期，這二十年間西方神話學理論傳入中國，他們的以古證今的研究方法對給中國神話學的建立提供了理論基礎。

1923～1937 年是奠基時期，這一個階段發表和出版的一些論著，奠定了中國神話學的基礎，其理論與著作至今還深深影響著神話學界。

1937～1949 年是發展時期，由於抗戰爆發，大批學人隨著高等學校和研究機關內遷西南後方，環境將他們由書桌旁帶到了田野上，通過對西南邊民的實地考察，再經過與多學科的綜合研究相結合，開拓了中國神話學研究的視野，使得這一時期研究水平爲之提高。

1950～1970 年是低谷時期，這一階段雖然在資料的收集上取得了大的收穫，但在理論研究上深受政治運動的影響，發展有限。

1970 年以來是一個新的發展時期，特別是近三十年來，神話研究發展很

快，研究得以重新深入，並且新人倍出，多種不同的研究方法、研究理論、研究流派此消彼長，取得前所未有的成績。〔註3〕但就是在利用甲骨文材料來研究上古神話方面，較過去不見有大的發展，偶有涉及，也多是人云亦云，或是引用從前的成果，將其加以傳抄，始終未再見到有力作出現。這也就是本書未能展開的原因所在。

第二節　神話研究的成果介紹

中國古代有神話和歷史混為一談的情況。雖然在上古帝王傳說裏留有一些早期神話的殘餘，但是那些與神話功能相同的傳說大部分是以一種忠於現實的方法重新敘述過的。

中國古代神話研究從歷史學的角度看，多是由文獻學的方法入手，通過對古代典籍中神話資料的發掘、校勘、辨偽等整理，同時再與其它學科的成就相互參照，用以揭示古代典籍中所記載的史前神話人物及其出現的順序，作用則是還原中國史前史的真面目，借用考古學家李濟的一句名言，就是「重建中國的上古史」。在重建的過程中，經歷了二十世紀三十年代以顧頡剛為首的「古史辨」派的「古史是層累地造成的」重磅炸彈的重創，從 1924 到 1941 年間出版的七冊《古史辨》，考察了中國上古史的一些重要人物，從三皇開始包括人皇伏羲氏、天皇燧人氏、地皇神農氏、到五帝包括黃帝、顓頊、帝嚳、唐堯、虞舜直至大禹等傳奇事跡，進而斷言中國夏代以前的古史都是神話而不是事實。他們的結論不僅對中國傳統史學的研究，特別是中國古代神話的研究，無疑是一場巨大的革命。接下來經過對商代殷墟的科學發掘，特別是由出土的大量的甲骨文字中，找到了商人活動的依據，而將中國古代的信史重新上提了一千多年。使得中國上古史學的研究，特別是中國古代神話的研究，由「信古」，「疑古」而轉入到「考古」的階段。也結束了上古神話資料的混亂狀態。再經過民族學的介入，開展少數民族神話的調查研究，是中國神話學的事業大為過長，也使得中國神話學跨越了時間的障礙，從簡單的「過去」之學，轉為一門真正意義上的現代學術。

現代文學家魯迅在《中國小說史略》裏「中國小說的歷史變遷」的一些

〔註3〕　見馬昌儀：《中國神話學發展的一個輪廓》，《中國神話學文論選萃》，北京：
　　　　中國廣播電視出版社，1994 年。

章節以及一些書信中，提出有關神化的見解。比如他對《山海經》的獨到理解，對「神格」的理解，有許多眞知灼見。其胞弟周作人在神話學方面最突出的成就是翻譯介紹了古希臘神話，在理論上，他的《神話與傳說》（1923 年）、《神話的辨護》（1924 年）、《神話的趣味》（1924 年）、《習俗與神話》（1934 年）、《關於雷公》（1934 年）都產生了一定影響。

周作人畫像

同樣作爲文學家的茅盾的關於神話學方面的著作有《中國神話研究 ABC》（1929 年）、《神話雜論》（1929 年），而最爲突出的則是《中國神話研究 ABC》，作者以「玄珠」爲筆名，全書分上下冊共八章，「企圖在中國神話領域內作一次大膽地探險」。茅盾將原本模糊不清、錯綜複雜的神話概念明確標示出來，進而科學界定了神話的內涵與外延。中國的神話研究要建立自身的體系，就要根據中國自己的遠古神話形態選擇恰當的切入點。茅盾提出兩種分類體系，一個是通過分析《山海經》、《穆天子傳》、《楚辭》等古代典籍，依據分佈區域劃分作北中南三部；第二個是將古代神話依據母題分作六類，就是：以盤古開天闢地、女媧煉石補天爲代表的天地開闢神話，以羲和馭日、羿妻奔月爲代表的自然現象神話，以蠶神爲代表的萬物起源神話，以黃帝戰蚩尤、顓頊伐共工爲代表的英雄武功神話，以及幽冥世界神話和人物變形神話。茅盾提出中國遠古時期也如希臘、羅馬等神話發達的民族一樣有著豐富多彩的神話，也有著壯美廣闊神話世界。這個假定在神話學界，延續至今。

「古史辨」派的代表人物顧頡剛在懷疑「層累造成」的中國古史的同時，也要「把傳說中的古史的經歷詳細一說。」這時他也撰寫出《洪水之傳說及

治水等之傳説》（1930 年）、《〈書經中的神話〉序》（1937 年）以及《中國一般古人想像中的天和神》（1939 年）等文。同樣是中國現代神話學的開拓者，顧頡剛與茅盾對中國神話的起源、演變、整理、研究有各異之處，也有共同特點。二十世紀的中國神話學，就可以按照不同的研究目的與方法，分作人類學的神話學，歷史學的神話學，民族學的神話學和文藝學的神話學等流派。如果説顧是歷史學的神話學派，茅盾則是屬人類學的神話學派。

梁啓超較早引入西方神話學，他把神話作爲一種單獨的研究對象看待，如他在《太古及三代載記》（1922 年）、《中國歷史研究法補編》（1926 年）的第四章「文化專史及其做法」中，就指出中國人對神話的「二種態度」，即一種是「把神話與歷史合在一起」，另一種是「因爲神化擾亂歷史眞相，便加以排斥」。

此外還有馮承鈞《中國古代神話之研究》〔註4〕和鄭德坤《山海經及其神話》〔註5〕。二十世紀三十年代初期，鄭德坤致力於上古輿地，研究《山海經》、《禹貢》、《穆天子傳》對各書的內容及流傳，均有精深的發明。1981 年，鄭氏原文包括《〈山海經〉及其神話》等九篇集成《中國歷史地理論文集》作爲「中國考古藝術研究中心集刊」由香港中文大學出版社出版。衛聚賢寫有《古史研究》，依據《山海經》裏記載的珍禽異物結合美洲特產，認爲殷人後裔在數千年前已發現北美洲〔註6〕，他甚至還認爲澳洲也是由中國人發現的〔註7〕。

對於《山海經》一書，蒙文通則認定是古代巴蜀的作品〔註8〕；蘇雪林「則斷定此書爲阿拉伯半島之地理書」，是「古巴比倫人所作，而由戰國時波斯學者，攜來中國者。」〔註9〕楊希枚則把此書所涉及的地域擴展更廣〔註10〕；史景成則認爲「當爲多年多人之成績」，「復句重複矛盾，異説之記載亦記一各部」各篇材料非出一人之手〔註11〕；呂思勉説，「《山海經》一書，説多荒怪，不待言矣。然其所舉人物，實多有其人；其所載事跡，亦間與經傳相合；何

〔註 4〕 見天津《國聞周報》，1929 年連載。

〔註 5〕 見 1923 年《史學年報》。

〔註 6〕 見氏著：《古史研究·中國民族的來源》，商務印書館，1937 年。

〔註 7〕 見氏著：《中國人發現澳洲》，説文社，1960 年。

〔註 8〕 見氏著：《略論山海經的寫作時代及其產生地域》，刊《中華文史論叢》第一輯，1962 年。

〔註 9〕 見《崑崙之謎·引論》，臺北，1958 年。

〔註 10〕 見氏著：《古饕餮民族考》，《民族學研究所集刊》，第 24 期，1967 年。

〔註 11〕 見氏著：《山海經新證》，刊《山海經研究論集》，中山圖書公司，1960 年。

也？蓋此書多載神話，而其所謂神話者，實多以事實爲據，非由虛構也。」〔註12〕高去尋也肯定了它的地理價值。〔註13〕杜而未主張，「《山海經》怪物不是『虛妄』，也不是實有。如果在自然界找那些怪物，當然都是找不到的；如果把那些怪物看作神話中的東西，則一一都是實有的，因爲有神話上的確實性。神話根據原始的原始的確實文化……有原始宗教信仰作後盾。」〔註14〕

其他尚有專注於研究中國古代神話並作出成績者：

孫作雲 1932 年考入清華大學，隨聞一多學國文，修《楚辭》，師生相對而坐，上課如同座談。在連續聽了聞氏兩年《楚辭》課，又讀到聞《高唐神女傳說之分析》之後，有所觸發進而認爲《九歌》的山鬼也是高唐神女，山是巫山，鬼是神女，《九歌·山鬼篇》就是楚宮廷祭祀先妣或高媒的樂章。他的第一篇學術論文《九歌山鬼考》刊於 1936 年《清華學報》第 11 卷第 4 期。1936 年孫入清華大學研究院文科研究所，導師即是聞一多。這時期他主要致力於《九歌》研究，發表論文有《九歌司命神考》、《九歌湘神考》、《九歌非民歌說》，孫作雲的研究是由《九歌》發軔，他沿著聞氏治學途徑，把《九歌》研究向前推進了一步。1941 年孫氏在北京大學文學院講《中國古代神話研究》、《民俗學》、《楚辭》、《中國古代史》諸課。除撰寫《九歌東君考》（1941年）外，還著有《蚩尤考——中國古代蛇氏族研究》（1941 年）、《夸父盤瓠犬戎考》（1942 年）、《飛廉考——中國古代鳥族之研究》（1943 年）、《鳥官考——由圖騰崇拜到求子禮俗》（1943 年）、《饕餮考——中國銅器花紋之圖騰遺痕之研究》（1944 年）、《后羿傳說叢考——夏初蛇、鳥、豬、鱉四族之鬥爭》〈1944年〉、《中國古代鳥氏族諸酋長考》（1945 年）、《說鴟尾——中國建築裝飾上圖騰遺痕之研究》（1945 年）、《釋姬——周先祖以熊爲圖騰考》（1945 年）。孫氏用圖騰崇拜去探索古代神話傳說的底蘊，論證了蚩尤以蛇爲圖騰，商人以燕子〈玄鳥〉爲圖騰，周人以熊爲圖騰，中國古代史的「三代」是由三個氏族發展擴充而來，對中國氏族社會的圖騰制度，具有開拓性研究。1946 至 1948年間，孫作雲繼續從事神話傳說、民俗和《楚辭》研究，再著有《說丹朱——中國古代鶴氏族研究、說高蹺戲出於圖騰跳舞》（1946 年）、《說羽人——羽人圖、羽人神話、飛仙思想之圖騰主義的考察》（1947 年）等。四十多年來，

〔註12〕見《呂思勉讀史箚記·讀山海經偶記》。
〔註13〕見氏著：《山海經的新評價》，刊《說文月刊》第三卷第七期。
〔註14〕見氏著：《山海經神話系統》，臺灣：學生書局，1984 年。

楚辭始終是孫氏研究的主要課題，而對《詩經》的研究，是孫的另一個領域。
他的研究及所用的方法與聞氏一脈相承，不過更偏重於史學而已。

孫作雲像

　　楊堃 1921 年留學法國里昂的中法大學，1928 年底完成博士論文初稿《祖
先崇拜在中國家族、社會中的地位》。接著楊赴巴黎大學進修，從師著名漢學家、
神話專家葛蘭言教授，隨後又到巴黎大學攻讀民族學、體質人類學、語言學和
史前考古等課程，還在巴黎高等學術實習學校聽「原始宗教」課，又在巴黎民
族學博物館實習。1931 年初楊氏回到北平，1937 年到燕京大學任教，接著發表
了一系列民俗學、民族學論著，有《中國家族中的祖先崇拜》（1939 年）、《民
俗學與民族學》（1940 年）等。1960 年，楊參加四川大涼山彝族的調查工作，
十多年的調查，獲得了大量第一手資料。1977 年後，楊堃相繼發表了《關於神
話學與民族學的幾個問題》（1982 年）、《中國民俗學運動史略》（1982 年）、《民
俗學和民族學》（1983 年）、《民俗學的歷史》（1983 年）、《論神話的起源與發展》
（1985 年）、《女媧考》（1986 年）等論文。在他漫長的民族學民俗學研究生涯
中，楊氏考察了大量的民間文藝現象，撰寫了一批文章，對民間文藝的貢獻，
主要體現在對宗教、民俗事象中的民間文藝的考察，而尤以對神話的研究為最
突出。對於神話的定義與範圍，楊堃在《神話與民族學》等文中提出了自己的
看法，他認為：「人類童年」時期（原始群時期）不可能產生神話，神話最早僅
能產生於五萬年至一萬年以前，即舊時期時代晚期，亦即晚期智人時代。他以
考古資料證明，原始宗教與原始藝術全產生於這個時期。由此出發，楊氏還對
神話的發展、演變及消亡作了分析，認為新石器晚期或石銅並用時期應是原始
神話的發展期，這時的生產力發展了，生產關係發生了重大變化，母權制向父

權制過渡，反映在社會意識形態裏，對當時神話的發展起了很大作用。原始社會向階級社會的過渡期是原始神話的衰亡期，它開始向傳說與史詩過渡。到階級社會後，原始神話並未消失，一部分記於統治階級的「聖經」之內，一部分流傳於民間，成爲民間宗教的組成部分。對於神話的消亡及其與宗教的關係，楊氏則認爲，任何民族，只要有宗教存在，就有神話存在，神話是宗教的一個組成部分，原始宗教有四個要素：神話、禮儀、巫術、聖物與聖地，階級社會與宗教亦可歸納爲四個因素：神話（「聖經」中的神話）、禮儀（祭祀典禮）、宗教人員及信徒、廟宇和寺院。任何時候，神話都是宗教的組成部分，只要宗教存在一天，神話就存在一天，階級和宗教消亡的日子，是神話消亡的日子，在神化與迷信的關係問題上，楊堃不完全同意袁珂以「對待命運採取的態度」的區分法，他認爲原始人的思想意識是一種尚未完全化的意識形態，一方面幻想征服大自然，另一方面也向大自然屈服，乞求大自然幫忙。這是原始神話產生的原因，也是原始宗教產生的根源。楊堃也不同意民間文學界那種認爲「宗教是消極的，神話則是勞動人民的、積極向上的、具有很高藝術價值的」的看法。楊研究中一個明顯的特色，是利用民俗資料，民間文藝資料，同時利用民族學知識和資料來開拓研究角度與領域。整篇《女娟考》以豐富的資料，縱橫比較，深入淺出，洋洋灑灑，文中對女媧由來、女媧與蛙圖騰、原始思維、女媧與伏羲等問題，均有自己的見解。1987年楊氏再寫《圖騰主義新探》一文，作爲《女媧考》的續篇。在另一篇文章裏，楊以「鯀腹禹」與「產翁制」材料，充分證明了民族學對神話學的貢獻。他通過民族圖騰和社會習慣等方面知識作分析研究，對傳說時代的古史，尋找出具相應的年代和當時社會歷史的基本面貌。楊堃這些觀點都反映在他《論神話的起源與發展》、《神話與民族學》等論文中。

楊堃像

　　袁珂畢生致力於中國古代神話資料搜集、整理與研究，1937 年他入四川大學中文系，後轉華西協和大學中文系，師從許壽裳，研究中國小說與戲曲。大學畢業後，袁於 1946 年 8 月應許之邀，與夫人共同赴臺擔任臺灣編譯館編輯。1947 年在臺出版《龍門神話集》，後因許遇害，遂回到成都。在長達半個世紀的研究中，袁氏出版了二十多種神話研究著作。1950 年《中國古代神話》由商務印書館出版，1956 年重新改寫，1959 年再由中華書局出版，之後又做過一次修訂，1984 年，他再對該書做大規模的增補，並易名《中國神話傳說》，由中國民間文藝出版社出版。此外，他還撰寫了《中國神話》、《中國神話故事》、《神異篇》、《中國神話史》、《中國神話通論》、《中國神話傳說詞典》、《中國神話大詞典》、《古神話選釋》、《山海經校注》、《山海經校譯》等著作。傳統觀點認為，中國神話的範疇僅僅約制在「上古」或「原始社會」內，這導致了神話研究的狹隘性與局限性。袁氏《從狹義的神話到廣義的神話》一文，提出「廣義神話論」，隨後又在《再論廣義神話》中進一步加以論述。他認為，廣義神話最重要的特點：一是文學屬性仍是神話的主旋律，雖然神話具有多學科的性質，但其本質始終在於文學，尤其在於富有積極浪漫主義精神的文學；二是神話並非與原始社會同始終，而是一直延續至階級社會，尤其是長時期存在於封建社會。基於這兩點，他歸納出中國神話應包括九個部分：神話，帶有神話性的傳說，神話化了的歷史人物，仙話（主要指道教神話），怪異，帶有神話意味的童話，佛經神話，關於節日、法術、寶物、風俗習慣和地方風物等的神話傳說，少數民族的神話傳說。他把中國古代神話的下限定在「大禹治水」，之後便不能算神話，只能看成傳說。在增訂本中，他不但增加了「夏以後的傳說」，而且在其他章節裏也加入大量屬於傳說的情節。擴大神話的範圍並非始於袁珂，茅盾、魯迅等人也有過類似的看法，但「廣義神話論」這個概念卻是袁首先提出來的。袁珂的神話研究的成就主要體現在三個方面。首先是對中國古代神話的資料搜集、整理與普及。其次是對中國神話史的撰寫。第三是對《山海經》的研究。1962 年撰《山海經海經新釋》，後又完成《山經柬釋》，合成《山海經校注》，由上海古籍出版社 1980 年出版，1991 年，袁又對全書進行增補修訂，尤其是對《山經》部分作了更為詳明的箋注。袁氏還撰有《山海經校譯》和《山海經全譯》。

袁珂像（侯藝兵攝）

　　尚有研究中國古代神話，但因其著作未能出版而幾近被遺忘者：

　　朱芳圃 1928 年畢業於清華大學國學研究院，是王國維在清華的弟子。他畢生從事音韻、訓詁及考古學研究，編著有《甲骨學商史編》、《甲骨文字編》、《中國古代神話與史實》等。1962 年由中華書局出版的《殷周文字釋叢》，是他採用王國維提倡的「二重證據法」，集十餘年研究甲骨吉金文字之心得而成，收錄了他在甲骨文考釋方面的不少成果。1982 年，弟子王珍整理出版其遺著《中國古代神話與史實》，但後繼乏人，其「窮四十年之功所著」的遺著至今仍是草稿，未能整理出版，以致我們未能讀到這位治甲骨文的學人，對於中國古代神話學研究方面的成果。

朱芳圃像

　　還應提及的是程憬，程氏早年畢業於清華大學，後在中央大學教書，得到衛聚賢的賞識。在《說文月刊》發表《古神話中的水神》、《古蜀的洪水神話與中原的洪水神話》、《古代中國神話中的天、地及崑崙》等文。1950 年去世後，其遺孀將遺稿《中國古代神話研究》轉交顧頡剛出版，但因「文化大革命」爆發未及付梓，直至 2011 年 1 月，始由北京大學出版社出版。《中國古代神話研究》分「天地開闢」、「神祇」、「英雄傳說」三個部分，作者在盡可能搜羅齊備中國神話斷片資料的基礎上，以西方神話尤其是希臘神話為標杆，力圖構擬出一個全景式的中國古代神話體系。〔註15〕

　　此外外國人中有馬伯樂（Henri Maspero，1883～1945），1924 年他發表《書經裏的神話和傳說》，應用了現代民族學材料，包括中國少數民族和其它東南亞民族的神話，同時也比較了不同的文獻版本，最後指出那些是先王堯舜禹和他們的臣子的歷史記載都是上古創造神話被歷史化的結果，他稱為「歷史即神化論」。馬伯樂用這一術語來形容中國古代作者將神話變成了歷史的過程。高本漢《中國古代的傳說和宗教》認為早期文獻裏的那些神化性英雄原來是王族的祖先，後來被他們的子孫神話。

　　歷史學家研究神話在學術態度上更為審慎。二十世紀三四十年代，利用上古歷史材料來印證、研究神話的有陳夢家的《商代的神話與巫術》〔註16〕以及《古文字中之商周祭祀》〔註17〕、呂思勉的《三皇五帝考》〔註18〕，鄭師許《中國古史上的神話與傳說的發展》〔註19〕，徐旭生《中國古史的傳說時代》〔註20〕，尤其是他的《洪水解》，對我國洪水神話從形成到發展變化及其與社會歷史的聯繫，都提出了獨到的見解，至今仍不失為洪水神話研究的重要文獻。此外芮逸夫《苗族的洪水故事與伏羲女媧的傳說》〔註21〕以及他和凌純聲合作的《湘西苗族調查報告》，馬長壽《苗族之起源神化》〔註22〕，聞一多《伏羲考》〔註23〕則結合了民族學的調查。

〔註15〕參考馬昌儀：《程憬和他的中國神話研究》，刊《中國文化研究》，1994 年夏季號。

〔註16〕刊《燕京學報》第二十期，1936 年 12 月。

〔註17〕刊《燕京學報》第十九期，1936 年 6 月。

〔註18〕刊《古史辨》第 7 冊，上海開明書店，1941 年。

〔註19〕刊《風物志》，中國民俗學會，1944 年。

〔註20〕中國文化服務社，1943 年。

〔註21〕見《人類學集刊》第一卷第一期，1938 年。

〔註22〕刊《民族學研究集刊》，第二期，1940 年。

〔註23〕即「人首蛇身像談到龍與圖騰」等，1942 年版。

　　還有于省吾《澤螺居詩經新證》將金文與古文獻相互印證，來研究詩、騷，發人前所未發；丁山《中國古代宗教與神話考》同樣利用古文字材料加以探究；新時期還有陸思賢的《神話考古》。

　　數十年來，越來越多的中國學者注意到神話傳說的重要性。一些考古學家在這方面做了先驅的工作。例如徐炳昶（旭生）先於1943年出版的《中國古史的傳說時代》，以及徐氏在1947年和蘇秉琦共同撰寫的文章《試論傳說材料的整理與傳說時代的研究》，就對如何利用神話傳說研究古代歷史文化進行了探索，並有了重要的成績。1984年天時在為徐著《中國古史的傳說時代》新版作序時，一方面論述了徐氏的論點，一方面指出神化也反映著歷史的影像，它和傳說一樣，都對古代文化研究有一定意義和價值。

徐旭生晚年像

　　另外，《山海經》也得到很多學者的重視。胡厚宣就先後於1941年1942年和後來的1956年，幾次著文討論甲骨文四方風名與古代典籍《尚書堯典》、《山海經》的一致。《堯典》過去位居儒者遵奉的經籍之首，而甲骨文卻是一百年前剛剛發現的中國最早的系統文字，而這部《山海經》倒成了揭開其中秘密的鑰匙。這個事例表明，古代歷史和考古學的研究都和神話傳說的分析考察有密不可分的關係，要重建上古的歷史，絕不能離開神話學。甲骨文的研究尤其是如此。蕭兵在1990年撰寫《楚辭文化》〔註24〕，在談及這一史實時講道：「王國維先生以《山海經》王亥等故事與《史記‧殷本紀》、殷虛卜辭相參證，重建了信實的殷先公先王世系；胡厚宣先生以《山海經》、《書‧

〔註24〕中國社會科學出版社。

堯典》與甲骨文四方風名相對照，做出了神話學上的大發明，並且證實、提高了前二者的文獻價值；這都是眾所周知的事。」我們說過，甲骨文本來是上古時代用於占卜的遺物，它是以當時的信仰和神化為背景，甲骨卜辭的內涵又多是對商人祖先和諸神的祭祀。因此不深入瞭解古代神話傳說以及這些神話傳說所蘊含的思想觀念，就不能真正瞭解甲骨文。王胡兩氏諸篇文章，至今在海內外頗有影響，只可惜在他們之後這一類的論著實在是太少了。

近五十年來，國內、臺灣以及日本甚至西方的學者作有許多關於中國神話傳說的研究，步聞一多後塵的，也出版了有像《〈伏羲考〉補正》〔註25〕和《伏羲新考》〔註26〕等論著，但實際上並沒有提出什麼與聞一多不同的原則意見，更沒有利用在聞先生身後新發現的考古材料。

聞一多書《詩經·關雎》，1944 年

〔註25〕見雒江生、霍想有主編：《伏羲文化》，中國社會出版社，1994 年。
〔註26〕傅小凡、李建成、霍想有主編：《伏羲文化》，中國社會出版社，1994 年。

第六章　非魚定未知魚樂，晴日催花暖欲然——神話研究的未來展望

第一節　神話研究的理論更新

　　已經過去的二十世紀無疑是中國歷史上最爲動蕩的時代之一，隨著社會生活的急劇變化，傳統的中國文化也受到了劇烈的衝擊，許多傳承千百年的民族文化遺產面臨著消亡的危險。有鑒於此，一大批中國的文化精英便開始關注如何盡力去搶救、發掘、整理、保存包括神話在內的這些民間文學遺產。

　　「五四運動」以來，近現代西方思潮紛至沓來，特別是三十多年來的「改革開放」，衝破了思想的禁錮，大量有意識地引進外面世界的先進思潮，空前開闊。

　　1998 年在雲南昆明召開了第三屆《山海經》研討會，會議認爲：《山海經》是我國的一部信史，是一部不可替代的上古百科全書。其成書年代應不晚於唐堯、虞舜時代，作者有大禹和伯益。從大禹到周朝初年，歷代帝王曾派員調查瞭解世界情況，使其內容不斷有所增減，或產生重疊。因年代久遠，滄桑多變，以及民族的興衰、遷徙等，使書中文字變得晦澀難懂，以至在研究中形成了不同的流派及見解。與會眾多學人圍繞《山海經》的重要歷史價值和現實意義，認眞討論了以下幾方面的問題：第一，中華文化歷史悠久，上下五千年並不是只有五千年，而是一萬多年。根據《山海經》等古籍和越來越多的考古發現證實，中華文化至少形成於八九千年之前。第二，上古中華文明是世界文明的中心，不僅許多科技發明都源於中國，而且有許多海外居

民，是從亞洲、主要是從中國遷徙出去的，這就同時傳播了中華文化。第三，《山海經》所記述的地理範圍遠遠超出現在的中國及其周邊地區範圍，遠達世界各地，這一眞實性已爲越來越多的海內外學術研究成果所揭示。第四，《山海經》的研究涉及到諸多學科包括歷史、地理、民族、科技、語言、藝術、曆法、宗教、醫藥、礦產、動物、植物、食品等，需要多學科參與，特別要重視語言、文字的比較研究，還應注意於本地區文化遺存、出土文物、歷史沿革、民風民俗。近年來，有人曾嘗試重新繪製「山海經」地圖，或用自然科學的手段，來對古代神話進行詮釋。不過，都僅僅是剛剛開頭，更多的工作還在後面。

《山海經圖》

原寧夏博物館館長周興華在對《山海經》和史前岩畫通過類比分析研究後認爲，《山海經》是世界上最早全面記錄岩畫的文獻典籍。周說，《山海經》採取臨摹的方法，將深山曠野中的岩畫、木版畫繪製成圖畫，對岩畫內容有較爲詳細的描述，這種描述，涉及圖像命名、圖像位置、圖像製作方式等等，特別對岩畫圖像的命名簡明扼要，使人一目了然。尤其是大量史前岩畫的發現爲《山海經》的記述提供了豐富的佐證，《山海經》的生動描述又爲岩畫的

研究輔以翔實的文字注釋。《山海經》的圖像符號，複製輯錄的是上古社會刻製在山林木石上的史前岩畫，反映的是上古社會的內容。這種現象，古代學者早有覺察。漢代劉歆認為，《山海經》「出於唐、虞之際？」，為禹、益所作。《論衡》《顏氏家訓》也都是這種看法。晉代郭璞注釋《山海經》時指出，《山海經》的圖畫是「遊魂靈怪，觸像而構，流形於山川，麗狀於木石者，惡可勝言乎？」即是說此書中各種神異鬼怪的圖畫是刻畫在「山川」「木石」上的岩畫。

寧夏賀蘭山岩畫──黑石峁岩畫──梅花鹿、岩羊和北山羊

還有學人對最早出現於《山海經》《大荒北經》的「夸父逐日」神話作出新釋。認為「夸父」神話是由道家寓言故事演化而來，道家文獻中的「誇」都有貪婪矜誇之義，人名稱「父」則是春秋戰國人的習慣用法，《莊子·漁父》中的「漁父」指捕魚之人，因而神話中「夸父」一名的創設也符合道家語言的思維習慣。「夸父不量力，欲追日影」，《大荒北經》進一步具體化為「逮之於禺谷」。「禺谷」是戰國人的天文觀念。屈原《離騷》：「吾令羲和弭節兮，望崦嵫而勿迫。」王逸注：「崦嵫，日所入山也，下有蒙水，中有虞淵。」「虞淵」也作「禺淵」、「禺谷」。《淮南子·天文訓》描述太陽從早到晚、自東向西運行時說：「至於蒙谷，是為定昏。日入於虞淵之汜，曙於蒙谷之浦。」夸父逐日「逮之於禺谷」是說夸父一意孤行從早晨追到黃昏，這一情節完全符合夸父神話的寓言性質。結果「未至，道渴而死」。追趕太陽需要補充的水量自然要超出人們的日常所需，而「河」、「渭」、「大澤」又是戰國人地理視野中水量巨大的處所，因而它們自然成為神話編撰者的理想選擇了。夸父飲於「河」、「渭」、「大澤」，最後「道渴而死」，由他付出的巨大代價表現夸父偏

執、愚蠢的形象，這與《莊子・漁父》寓言中借有人試圖擺脫影跡最終而死的用意完全一致。夸父死時「棄其杖，化爲鄧林」，這一誇張的想像也符合道家寓言對夸父式不自量力之人的譏諷之意。而夸父逐日的路線正如學者所言是從河南一帶出發，先沿著黃河，後沿著今陝西境內的渭河，自東向西行走的。認爲「這樣看來神話編撰者把『夸父』與『河』、『渭』、『大澤』、『桃林』等中原地理物產聯繫起來是極其自然的事情。」

二十世紀以來，聞一多等人在《楚辭》文獻研究方面取得了豐碩成果。但是「先哲已往，後學無師」。此後，《楚辭》文獻研究遂一直止步不前。究其原因，不僅是因爲後來學者「小學」根柢不及先賢，且以爲文獻材料前人都已翻爛，不大可能有所作爲。於是多數《楚辭》研究者「揚長避短」，將目光投入西方的「新觀念」、「新理論」的引進，專做那種論文談藝、逞奇探勝的研究了。多樣方式、多種視角研究《楚辭》，當然是必要的。但離開了《楚辭》文獻基礎，其研究則爲無源之水，必然流於虛妄空疏。從《楚辭》文獻入手來研究《楚辭》，即專攻《楚辭》的版本、文字、訓詁之學，這是前人爲求其「眞」、求其「實」而走了二千多年的老路。當今學人《楚辭》研究，還需要走這樣的一條「老路」。湯炳正在序《離騷校詁》時說，「由於我們所處的時代條件跟前人不同，故走的雖是老路，卻往往會達到前人所意想不到的目的地。所謂『前修未密，後出轉精』的學術發展規律，對屈賦領域的文字訓詁之學，仍然是適用的。」當今的「時代條件」有其優勢所在，是前代學者所不能具備的。像近年大批戰國楚簡文獻材料的發現，對於推動《楚辭》文獻的研究，具有积極的意義，在這點上，當今的《楚辭》學者占據了前代學者所未具的學術優勢。1991 年，湖北江陵市包山二號楚墓的竹簡首次公佈於世，這是歷史上首次面世的達萬字以上的楚簡文獻材料，包山二號墓的墓主是楚懷王時期的左尹邵佗，是和屈原生活在同一時代的人。這批材料自然引起研究《楚辭》者的極大興趣。屈原、宋玉《楚辭》的文字，應與包山楚墓文字相同。包山楚簡的發現，爲傳世《楚辭》文本提供了書寫文字的參照糸。用許愼《說文解字》所收錄的古文、籀文，與《包山楚簡》的文字逐一對勘，竟發現有九成以上的楚簡文字在《說文》裏能對上號。之後又有《郭店楚墓竹簡》、《新蔡葛陵楚墓》、上博《楚竹書》、《九店楚簡》、《睡虎地秦墓竹簡》、《龍崗秦簡》、《張家山漢墓》、《馬王堆漢墓帛書》等簡帛文獻陸續出版，與傳世《楚辭》文獻可以參照的文字材料更爲豐富，而「時代條件」的

優勢更突出。借助於簡帛文獻，確實可以解決一大批爲《楚辭》文本許多聚訟未決的文字是非的問題，而且對於屈原作品的眞僞、楚國歷史先公考證以及研探楚國習俗文化等都從各個層面提供了全新的豐富的證據。

包山楚簡

進入二十世紀之後，隨著考古界的新發現及其理論的更新對神話學的滲透，以及人類學關於「寫文化」反思潮流的介入，神話學界關於圖像闡釋的原則問題再次被提了出來。有學者指出，神話圖像其實是物質文化的主體部分，物質性是其首要屬性。客觀地講，圖像闡釋的規約性問題在神話學界並沒有得到足夠的重視，直到二十世紀七十年代才被一些學者強調。而這些學者多爲考古出身。在海外，一位旅居英國的希臘學者先在一組雅典瓶畫上所描繪的追殺場景解讀中提出，將歷史與文化背景納入圖像闡釋的因素之中，繼而又倡導以系統闡釋原則代替文化經驗論來解讀圖像的觀點。可惜的是，回應的學者卻寥寥無幾。與此相反的是，這種論調卻引起了不少古典學者的非議，原因是這種解讀的方法基本顛覆了古典學界關於某些神話形象的定論，與文本所記載的意義不符。在國內，廣西的《民族藝術》雜誌已經自2008年始開闢了「神話與圖像」欄目，連續發表文章、筆談、訪談。

　　雖然新時期的新手段、新方法、新論點層出不窮，但是對於中國神話的研究，特別是對於古代神話研究的歷史，也更「前事不忘後事之師」，而不是以新觀點試圖代替之。我們說中國人一向「重視」歷史，但就一個治中國歷史的人而言，很難認為中國人「尊重」歷史。歷史云者，不過「正統」之工具與「經學」之附庸而已。然則欲真正解決問題，讓歷史發揮力量，恐怕還要由真正尊重歷史，面對歷史開始。「知古不知今，謂之盲瞽；知今不知古，謂之陸沉」，兩千多年前王充之感言，還可供參考。

第二節　神話研究的深入方向

　　古代神話研究的是人類傳說時代的各個方面，主要是自然環境變遷和人類社會的改變，其中許多重大的事件是有著普遍性的意義的，在我們中國如此，進而在世界各地也都會產生相近的影響。

　　古代神話傳說經過上千年的研究，在積纍了豐富的經驗的同時，也獲得了相當可觀的研究成果；不僅造就了一批有研究能力的學者和專家，還吸引著相當數量的愛好者，他們同是出於對我國悠久歷史與燦爛文明的熱愛，正在孜孜不倦地做著艱苦的努力。

　　茅盾早年曾對中國古代神話有過專門投入，二十世紀八十年代天津百花文藝出版社將其早年心血輯成《神話研究》一書，重印付梓，作者在為再版所作的序言中做如是說：「今將重印，爰綴數語，以見我少年時好弄，從事於不急之務，殊不足法。但友人則謂學海浩瀚，應無所不收，此亦可備嗜痂者之一顧。是耶非耶，付之讀者之公論。」此話雖為茅公自謙之語，但它也從一個側面描述了神話研究在我國學術界的位置。

　　到目前為止，在中國國內似乎還沒有組成專門研究神話傳說的學術組織，更沒有專門的學術刊物。研究人員也是分佈於各個地方的各個領域。對於古代神話傳說的研究大多數要劃歸於文學藝術的屬下。當然應該承認，在眾多領域中最重視神話傳說的確實應算是文學藝術範疇內的部門，從上古神話傳說中吸取素材最多的還是在小說、繪畫、舞蹈和戲劇等領域。在人文科學的範圍內，對於上古神話傳說的研究，雖然重視不夠，還是做了大量的工作。像由神話傳說中探討上古的婚姻制度，氏族結構，先民起源，部落遷徙，家族戰爭，宗教圖騰等等。講述中國古代歷史的書籍，一般都要從上古的傳

說時代說起，雖然大多數只是人云亦云，甚至以訛傳訛，產生誤人子弟的效果。研究的論文在數量上雖不算少數，質量上有分量的、含精闢觀點的好文章，特別是利用甲骨文材料來論證古代神話傳說的著作，卻是少之又少。這與中國上千年的悠久歷史，豐富多彩的神話傳說相比較，就落伍太多了。在自然科學的範圍內，古代神話傳說的地位更是等而下之。如果說社會科學還多少利用上古神話傳說的資料來進行研究外，自然科學對這些寶貴材料，則雖然沒有表現出不屑一顧的態度，也遠遠沒有充分利用它的價值。像神話傳說與天文學——夏商時代就產生了古代曆法，甲骨文中含有天象記錄；像神話傳說與地理學——《山海經》內有許多傳說時代的湖泊和山川的記載，其地理環境與今日已不盡相同；像神話傳說與氣候學——在傳說時代的古代居民，對氣候變化因為涉及到自身的存亡，是非常關注的，這也反映在當時的傳說資料當中；像神話傳說與海洋學——古代神話中的滄海桑田，反映了地殼的運動、河流中泥沙及海岸線的變遷；像神話傳說與生物學——《山海經》內有許多怪異的飛禽走獸，是否現實中有其原形；像神話傳說與科技史——人類在文字發明以前，就已經掌握了許多科學技術，構木為巢、鑽木取火、養牲庖廚、遍嘗百草、教民耕作、斫木為耜，揉木為耒。還有倉頡造字、后羿作弓、嫘祖蠶絲、昆吾製陶、鯀做城池、伏羲八卦、風后指南等傳說中的發明創造；像神話傳說與語言學——神話傳說中的部落名稱、人名地名、日月星辰之名等等，都是研究古今語言變化的重要資料。一些文字的產生，與傳說時代的先民對天文星座、地理山川、花鳥蟲魚形象細心觀察是有著密切相關的聯繫的。上述領域內的研究方興未艾，可以說研究尚未成功，同志仍需努力。神話研究還是一個廣闊天地，在那裏是可以大有作為的。

新出版的神話研究著作

2009 年底，在臺灣中興大學舉辦一場「新世紀神話研究之反思」學術研討會。有中國海峽兩岸及日、韓兩國的神話研究人員與會，提交論文 25 篇。除主旨發言外，共計有五場研討會。議題包括畫像磚及神話圖像，神話研究方法分析，少數民族神話，神話母題比較，田野調查解讀，最後仍是《山海經》以及古代文獻的討論。這次研討應是近年來集中討論神話研究的為數不多的重要會議，雖然在名稱上強調了研究的反思，但是一如主辦方在閉幕式上所言，緊扣題目的論文並不是很多，回顧神話研究成敗得失以及未來的路怎樣走的問題還需要進一步討論下去。

神話研究在近二十年內的發展與之前相比，一個特點便是已從單一的文學研究向文化研究轉變。其實早在神話研究在中國產生之初，梁啓超便提出要將神話史與風俗史結合，做一部兼顧二者的著作，並將神話史列入專門史的範疇。不過長期以來，對神話史的研究相對薄弱，以致迄今為止僅有袁珂《中國神話史》一部作品面世。有鑒於此，上海華東師範大學民俗學研究所擬作《中國神話發展史》，並申請成為國家社科基金項目。該課題提出：神話史書寫要具備兩個維度，一個是人文的維度，即人文的建構；另一個是學術的維度，即神話學學科的建構。該課題自命的特點是：將中華民族的建構發展與神話的發展緊密結合。而從當下的信仰與民俗尋找古老的神話依據，則是課題的又一大特點，也就是從民俗學的視角研究神話。該課題還提出了主流神話即共同神話與各民族神話兩個概念，認為這兩個概念的闡述，對解讀中華民族多元一體的構成具有獨特意義。最後，主持人認為，該課題是對百年中國神話歷史研究的總結，在為神話學發展提供理論資源和方法論支持的同時，推動新世紀的神話學研究發展，從而促進人文學科相關領域的發展。假設真是可謂大膽，但求證更需謹慎才是。

神話史的研究已經有人站出來要重整，那神話起源的研究呢，當然不會讓其專美於前。中國社會科學院文學研究所聯合西安外國語大學、四川大學、陝西師範大學、上海交通大學做「中華文明探源的神話學研究」，並申請成為社科院重大課題，與《神話發展史》不同的是，「神話探源研究」剛剛完成結項。該課題同樣覺得，過去的神話研究多以文學視角為主，無法延伸到文字記錄以外的領域；而晚近的神話圖像研究與神話史前史研究則將研究視野擴展到文字以前的時代。有鑒於此，該課題依託文學人類學一派，提出比較神話學，一方面給國家最重要的學術項目提供特殊專業視角，另一方面也為中

國神話學研究做出轉型與創新示範。有感於海外的一批神話學著作，對文明探源研究有著重要的借鑒意義，而這批成果又不大爲國內學界所知，「神話探源研究」即組織翻譯二十世紀重要的比較神話學書籍，計有英美德日瑞典等國家學人譯注 21 部。另有國內學者專著 3 部，包括《比較神話學的文明起源研究》、《中國神話學反思與中華文明探源研究》、《中華文明探源：神話學研究》。該課題認定的目標有二，一是以跨學科範式的現代神話學知識，引導傳統的文史哲方向進行整合研究，並與考古學、藝術史研究交叉互動，促進人文學術範式與方法的與時俱進；二是對古代的疑難問題做出神話學闡釋，包括堯舜禪讓、夏禹鑄鼎等，以期給另一項重大課題「中華文明探源研究」提供神話學參照即詮釋。該課題認爲其作出的突破與創新有三：一是創建中華文明探源的神話學範式，如爲自周穆王西行崑崙到賈寶玉含玉而生的文學想像找到玉石神聖化傳統；二是從前文字大傳統的再發現再認識，揭示漢字小傳統發生的史前底蘊，如爲《詩》《書》《禮》《易》找到巫史之根及口傳之根；三是全面展示現代神話學研究的廣度和深度，建立迄今國內最具規模性的神話學資料集成。直看得教人眼花撩亂！與「斷代工程」相比，可謂青出於藍而勝於藍。

不僅如此，該課題尚有四個延伸拓展項目，一是策劃出版「神話歷史叢書」，並已經出版「儒家神話」「臺灣神話」「韓國神話」等七種；二是策劃出版「神話學文庫」，並已經出版《神話——原型批評》《結構主義神話學》《現代口承神話的民族志研究》《20 世紀希臘神話研究史略》等七部；三是下一步的項目「中國文學人類學理論與方法研究」的申報；四是玉石之路與華夏文明誕生調研計劃。口氣之大，已遠超百年神話學研究的成績。怎不教人讚歎不已。

中國神話的研究現在已經涉及到許多領域，比如要分析神話故事背後的歷史事件真相、考察探尋神話人物的演化過程，以及神話人物對中國文化的影響作用，研究神話思維的方式和通過神話故事所敘述的內容探究其中蘊含著思想。如何將中國神話深入研究下去，如何著手研究，這是擺在神話學研究者面前的新課題。

中國歷史悠久，文化淵源很深。豐富的神話傳說是一個寶庫，它儲存的信息遠遠沒有被人們認識和瞭解。但是隨著科學技術的發展，神話傳說的研究經過漫長的摸索之後，應該已經找到了正確的途徑；神話傳說學已經作爲一門科學建立起來了，可以預見它將取得輝煌的成果。

後　記

　　本書寫作的計劃，是從 1998 年 7 月第一次會議始，爲了紀念殷墟甲骨文發現一百週年，張永山先生作爲本叢書的主編擬定甲骨學殷商史上十個專題，交予各位作者分別寫作，本人接獲的專題作「甲骨文與神話傳說」。其餘就有像馮時兄的「甲骨文與天文曆法」，還有「甲骨文與殷墟發掘」等等等等。其實這一題目並非本人擅長，而本人中意的是另一主題，不知張先生做如何考量。

　　自接手「神話」之後，叢書寫作之初張先生便悉心指教，以及接下來的不斷鼓勵，最後則是一遍又一遍的反復催稿。可以說，沒有張先生的督促，就沒有這本小書的完成。

　　新世紀曙光前夕，初稿完成，但作爲叢書，就要考慮全部稿件的事宜。張先生便利用這時期叫振宇對初稿加以修改補充，告知出版的體例。待取回初稿，見張先生於拙稿紙上細心批改，同時也不斷告知要側重哪些重點。

　　由於雜事煩擾，拖拖拉拉，遲遲未能交卷。而全書亦因種種因素未能趕上甲骨文發現的百年華誕。這期間，每週張先生，先生便會在問候之餘，催上一兩句作爲提醒。在不斷催促的同時，張先生的身體也出現異常，有時電話聲音低沉緩慢，令人十分不忍；有時電話聲中，張先生也慨歎，此部叢書至今未能付梓，是他編輯中最不能忘懷的一件，因爲此前，先生也出手過許多大手筆，我個人經歷的就有像編《胡厚宣先生紀念文集》（張永山主編，北京：科學出版社，1998 年 11 月）時，永山先生審稿刪改、聯繫出版，操心甚多。還有像編輯爲張政烺先生慶生的《揖芬集——張政烺先生九十華誕紀念文集》（北京：社會科學文獻出版社，2002 年 5 月）以及組織整理《張政烺文史論集》（北京：中華書局，2004 年 4 月），最後是紀念苑峰先生的《張政烺先生學行錄》（張永山編，北京：中華書局，2010 年 8 月）。電話催稿的同時，

永山先生也語重心長地囑咐振宇要家庭事業兼顧；不知是否觸景生情，言談中也講到一些感傷的話。就在 2010 年 10 月北京召開「中國古文字研究會第十八屆國際學術研討會」的時候，傳來永山先生病重的消息，振宇一陣心驚，想著先生能夠再挺一段時日，好將文稿交齊，以便先生能夠放下這顆總是懸著的心。終於知道先生不起，一查得知先生二個月前還在電話中用他那已經教人不忍卒聽嗓音，念茲在茲地談論文稿。一想到處，真是感覺無地自容。

今日終於完成了張永山先生的囑託，其對主編張先生的感念是不容忘懷的！

張永山先生，1936 年 12 月生，籍貫北京。1963 年北京大學歷史系畢業後來中國科學院（現中國社會科學院）歷史所工作。主要從事甲骨文商史和金文西周史研究。1998 年獲國務院政府特殊津貼。1996 年退休。2010 年 10 月 28 日不幸因病辭世。

這是手中找見的一幀合影，那是在歷史研究所先秦史研究室的鼎盛時期時間是在二十世紀八十年代末期。後排左起第六人是張永山先生

如今先生的墓木已拱，僅將小書獻給永山先生，以紀念他的辛勤與心血。

胡振宇

於北京東城乾面寓所

2013 年 5 月

參考書目

1. 郭沫若主編，胡厚宣總編輯：《甲骨文合集》，中華書局，北京，1979～1983年版。

2. 王國維：《殷卜辭中所見先公先王考》、《殷卜辭中所見先公先王考續考》，《學術叢書》本，又刊《觀堂集林》卷九。

3. 《古史新證》清華研究院講義本，影印王氏稿本，又刊《國學月報》二卷八、九十期合刊，又《燕大月刊》七卷二期。

4. 《王國維遺書》，中華書局，北京，1983年版。

5. 顧頡剛：《古史辨》（第1～7冊），樸社，開明書店，1926～1941年；又，上海古籍出版社，1982年重印。

6. 《浪口村隨筆・玉皇》，刊《責善》第一卷創刊號。

7. 陳夢家：《商代的神話與巫術》，《燕京學報》第二十期，1936年12月。

8. 《殷虛卜辭綜述》，「考古學專刊甲種第二號」，科學出版社，1956年版。

9. 胡厚宣：《甲骨學商史論叢初集》四冊，齊魯大學國學研究所專刊，成都，1944年版。

10. 《甲骨學商史論叢二集》二冊，齊魯大學國學研究所專刊，成都，1945年版。

11. 《殷卜辭中的上帝和王帝》上、下，《歷史研究》1959年第9、10期。

12. 《殷卜辭中商族鳥圖騰的遺跡》，《歷史論叢》，第一期，1964年9月。

13. 《甲骨文所見商族鳥圖騰的新證據》，《文物》，1977年第2期。

14. 丁山：《中國古代宗教與神話考》，龍門聯合書局，北京，1960年版。

15. 朱芳圃：《中國古代神話與史實》，中州書畫社，鄭州，1982年版。

16. 徐旭生：《中國古代的傳說時代》，文物出版社，北京，1985年版。

17. 茅盾：《神話研究》，百花文藝出版社，天津，1981年版。

18. 《中國神話初探》，上海古籍出版社，2005 年版。

19. 劉誠淮：《中國上古神話》，上海文藝出版社，1988 年版。

20. 《中國上古神話通論》，雲南人民出版社，昆明，1992 年版。

21. 陶陽、鍾秀：《中國創世神話》，上海人民出版社，1989 年版。

22. 張振犁：《中原古典神話流變論考》，上海文藝出版社，1991 年版。

23. 袁珂：《山海經校注》。

24. 《中國神話通論》，巴蜀書社，成都，1993 年版。

25. 《袁珂神話論集》，四川大學出版社，成都，1996 年版。

26. 袁珂、周明：《中國神話資料萃編》，四川省社會科學院出版社，成都，1985 年版。

27. 聞一多：《聞一多全集》（全十二冊），湖北人民出版社，武漢，1993 年版。

28. 馬昌儀編：《中國神話學文論選萃》，中國廣播電視出版社，北京，1994 年版。

29. 小川琢治：《山海經考》，上海商務印書館，1931 年版。

30. 森安太郎：《中國古代神話研究》，地平線出版社，臺北。

31. 森安太郎：《黃帝的傳說》，王孝廉譯，時報文化出版企業有限公司，臺北，1988 年版。

32. 白川靜：《中國神話》，王孝廉譯，長安出版社，臺北，1983 年版。

33. 伊藤清司：《〈山海經〉中的鬼神世界》，劉曄原譯，中國民間文藝出版社，北京，1989 年版。

34. 大林太良：《神話學入門》，林祖太等譯，中國民間文藝出版社出版，北京，1989 年版。